어쩌다 커피생활자

TONIKAKU, OISHII COFFEE GA NOMITAI

© WANI NAKAGAWA / KYOKO NAKAGAWA 2015

Originally published in Japan in 2015 by SHUFU TO SEIKATSU SHA CO., LTD. , TOKYO

Korean translation rights arranged with SHUFU TO SEIKATSU SHA CO., LTD. , TOKYO

through TOHAN CORPORATION, TOKYO, and Eric Yang Agency, SEOUL.

WRITING : NAKAGAWA WANI, NAKAGAWA KYOKO

PHOTOGRAPHY : TONAMI SHUHEI, NAKAGAWA KYOKO

ILLUSTRATION : NAKAGAWA KYOKO

DESIGN : WAKAYAMA MIKI, SATO NAOMI (L'espace)

PROOFREADING : OGAWA KATSUKO

EDITING : MIYAMA RIE

커피를 사랑하는 사람과 살다보니

어쩌다 커피생활자

나카가와 와니 | 나카가와 쿄코 지음

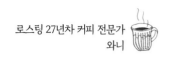

로스팅 27년차 커피 전문가
와니

언제나 커피를 마시며 살아왔다

돌이켜보면 중학교 1학년의 끝 무렵부터 언제나 커피를 마셨다. 그게 좋은 일인지 아닌지 가늠할 수 없을 정도로 당연한 일상이 되어버려서 앞으로도 계속 아마 죽는 날까지 평생을 이어갈 것이다.

커피 로스팅을 시작한 지 얼마 안 되었을 때, 여기저기 커피를 마시러 가서는 이 정도라면 내 커피가 더 낫다든가 저번에 갔던 가게보다 더 맛있네 등등 순위를 매기곤 했는데, 그럴수록 커피를 마시는 것에 싫증이 났다. 즐겁지 않았다.

문득 '나는 나야. 할 수 있는 일에는 한계가 있어. 그저 그 일에 최선을 다하자.'라고 생각하게 되면서 시야도 넓어지고 마음도 맑아졌다. 이런 경험은 어떤 일이든 갓 시작한 사람한테는 흔히 있는 일이지 않을까. 자신감도 있지만 제대로 잘해나갈 수 있을까 하는 불안도 함께 몰려와서 그럴 때는 다른 이들은 어떨까 괜히 신경을 쓰게 된다. 평소의 나는 남들이 어떻게 생각하는지 그리 신경 쓰지도 않으면서.

커피를 마시면서 쓸데없는 감상을 느낀 적은 없다. 맛있거나 맛없을 뿐. 무엇인가를 하기 전에 꼭 커피를 마시니까 그게 습관이 되었다. 그리고 지금은 커피를 마시며 커피 관련 일을 하고 있다.

여행지에서도 커피를 마신다. 어디서나 커피를 마신다. 하지만 이제 맛을 비교해보는 어리석은 짓은 하지 않는다. 그저 있는 그대로, 느끼는 그대로 그 분위기와 순간에 딱 맞아떨어진다면 더할 나위 없다.

단지, 맛있는 커피를 마시고 싶을 뿐이다.

안녕하세요, 좋은 아침입니다

아침 일찍 일어나서 제일 먼저 하는 것은 집안 환기. 방 양 끝에 있는 베란다 문을 활짝 열고 바람을 집 안으로 들이는 동안 하늘을 보며 사진을 한 장 찍습니다. 매일 아침 꼭 하는 일이에요.

하늘은 항상 똑같아 보이지만 사실 언제나 다른 모습입니다. 그날 아침의 가장 멋진 풍경을 찾아보곤 해요. 그러면서 '오늘은 어떤 커피를 마시면 좋을까?' 생각하죠.

로스팅과 커피를 내리는 일은 매일 반복되는 행위입니다. 하지만 그날의 습도 같은 환경, 보관해둔 원두를 잘 볶았는지, 무엇보다 스스로 표현하고 싶은 맛을 위해 블렌딩하느냐에 따라 커피는 매일 다른 맛을 내요.

하늘의 경치가 순간순간 보는 사람에 따라 다르듯 커피도 그 사람이 즐기는 방식에 따라 달라집니다. 그 깨달음을 '나의 맛'을 찾는 단서로 삼습니다. 나답게 즐기는 방법을 잘 파악해두면 좋아요. 세상에 존재하는 수많은 사람의 수만큼 세상에는 다양한 맛이 존재하거든요.

'진짜 맛있어!'도 중요하지만 '진짜 재미있지?'가 덧붙여지면 무한한 가능성이 펼쳐집니다. 나다운 하늘과 커피를 누군가와 공유할 수 있다면 즐겁습니다. 우리 집 커피에는 그런 마음이 담겼어요.

아내는 바쁩니다. 하늘의 아름다움에 마냥 넋을 잃고 있을 순 없죠. 아침 식사, 청소와 빨래, 로스팅 준비에 남편 뒤치다꺼리 등등 멍하게 있을 틈이 없습니다. 그렇기에 큰 목소리로 외치고 싶어요.

커피를 즐깁시다. 함께, 즐겁게.

◎ 일러두기

* 이 책에서는 로스팅 27년차 전문가 와니 씨의 시점에서 커피를 다룬 글과 커피에 관심이 없었지만 와니 씨와 결혼한 후 커피생활자가 된 코코 씨의 일상 이야기를 엮어 소개합니다.

* 이 책의 레시피에서 1작은술은 5㎖, 1큰술은 15㎖입니다.

* 이 책에서 가게 상호명은 「 」로 표기하였습니다

목차

커피는 일상이지.
뭐, 매일 밥 짓는 정도?

맛있는 커피란 무엇일까? 커피라고는 입에도 대지 않았던 내 일상 속으로 커피가 찾아왔다. 오늘은 또 어떤 하루가 될지 불안과 설렘이 어우러진 아침을 맞는다. 맛있는 커피를 찾아가다 보면 커피를 즐기는 사람들의 환한 미소를 만난다. 지금까지 맛보지 못했던 감각, 기대와 흥미로 가득 찬 두근거림이 점점 커져만 간다.

밥 짓기

　매일 밥을 짓는다. 아주 자연스럽고 일상적인 행위다. 말이 밥을 짓는 것이지 실제로는 전기밥솥이 다 알아서 해주기 때문에 나는 스위치만 누르면 될 뿐이다. 정말 '될 뿐'일까? 아니. 전혀 그렇지 않다.

　먼저 품종을 골라 쌀을 사고 씻는다. 그날 몸의 컨디션을 고려해서 된밥이나 진밥 등 좋아하는 식감으로 지을 수 있도록 물 조절을 하여 안친다. 전기밥솥 내부에는 물을 얼마나 넣어야 하는지 눈금이 있으니 참고한다. 밥솥의 사용법을 이해한 다음 쌀의 품종, 씻는 횟수, 물의 양을 스스로 선택하는 것이다.

　고두밥을 먹고 싶다면 쌀에 넣는 물의 양을 줄인다. 원하는 대로 적당히 꼬들꼬들하게 지어지면 기쁘다. 남편이 먹으며 "오, 오늘 밥맛은 딱 내 취향인데?"라고 말하면 칭찬이라도 받은 기분이 든다. 내 입맛에도 맞아 뿌듯하고 반찬에도 절로 손이 더 간다.

　커피도 밥을 짓는 것과 마찬가지로 평범한 일상이라고 느낀다. 커피를 내리는 방식은 정해져 있고 사용할 도구도 잘 알고 있다. 그걸 어떻게 사용하여 내릴지는 자신에게 달렸다.

　물을 끓인다. 원두를 원하는 굵기로 갈아서 드리퍼에 넣는다. 뜨거운 물을 포트에 옮겨 담는다. 의자에 앉아 한 번 심호흡한다. "부드럽게, 살살 붓자."라고 중얼거리면 무의식적으로 얼굴에 미소가 번진다. 내가 마시고 싶은 맛을 상상해본다. 오늘은 어떤 맛이 나올까? 곁들일 과자는 그걸로 해야지.

　밥을 짓는다. 커피를 내린다. 두 가지 감각은 같은 것 같다.

양배추 썰기

아침이면 창문을 열고 청소를 한다. 청소를 마치면 아침 식사 준비. 나는 달걀을 삶을 때 냄비에 뚜껑 대신 커피 케틀을 얹어 놓는다. 그러면 달걀이 삶아지면서 껍질에 희미하게 금이 가서 까기 더 쉬워지고, 커피 내릴 물을 끓이는 시간도 단축할 수 있어서 일석이조다. 시간을 번 만큼 천천히 커피를 내릴 수 있다. 뭘 그렇게까지 하느냐고 생각할지도 모르지만, 조금이라도 생긴 마음의 여유가 커피 맛에 드러나기 때문에 내게는 중요한 과정이다.

와니 씨의 아침 식사 메뉴는 양배추가 들어간 샐러드와 토스트, 삶은 달걀, 과일. 한 잔의 물과 따뜻한 우유, 그리고 차가운 커피. 이중 양배추에 주목해주길 바란다.

아침, 점심, 저녁 우리 집 식탁에서는 커피와 양배추샐러드를 빼놓을 수 없다. 사실 이 두 가지 메뉴를 익숙하게 차려내기까지 고생이 많았다. 커피는 일단 제쳐두고, 무려 1년 365일 내내 양배추를 채 썰어야 했다. "호들갑 떨기는." 와니 씨는 별거 아닌 듯 말했지만 그러면서 일주일 동안 양배추를 거의 두 통이나 먹어 치웠다.

"고통스러워." 양배추 썰기가 인생의 고민거리가 될 줄이야. 하지만 양배추를 맛있게 먹으려면 조리 직전에 잘게 썰어야 하기 때문에 어쩔 수 없다. 익숙해진 지금은 내심 "그럼 먹을 때마다 먹을 만큼만 썰어 매번 준비한단 말이야?"라고 물어봐 주길 바라고, "당연하지!" 웃으며 태연히 대답할 수 있지만 사실 많이 힘들었다. 매일 마음을 가다듬고 노력한 것, 주변 사람들의 조언 덕분에 오늘날 나만의 샐러드를 완성할 수 있었다.

양배추 썰기처럼 커피 내리기도 그날의 기분, 여유, 마음가짐이 중요하다.

진정한 멋을 아는 사람

메이지 시대(1868~1912)에 태어나신 우리 할머니는 커피를 참 좋아하셨다. 오랫동안 커피를 마시며 살아오셨지만, 항상 바쁜 분이어서 인스턴트커피만 드셨다. 아침 식사로 빵과 커피를, 밭일을 끝내고 온 후에 또 커피를 드셨다. 어린 나이에도 '참 멋쟁이셔.'하고 감탄했던 기억이 있다. 어머니도 커피를 좋아하셔서 찻집에 나를 자주 데리고 가셨다. 집에서는 액상 커피만 마셨지만 커피를 좋아하는 마음이 오롯이 전해졌다.

그런데 나는 커피를 전혀 마시지 않았다. 커피 우유마저도 쓰다고 못 마셨을 정도였는데 지금 이렇게 변한 내 모습이 어머니는 마냥 신기하신가 보다. 뭐, 스스로 가장 신기하고 놀랍지만.

어쩌다 보니 인연이 닿아 커피와 함께 하는 삶을 살게 되었다. 그것도 꽤 본격적으로. 매일 식사를 준비하는 것처럼 커피를 내리고 요리를 할 때도 종종 사용한다. 밤에는 좋아하는 디저트를 곁들여 하루를 마무리하는 의미로 한 잔 마신다. 이 생활에 익숙해질 때까지 상당한 시간이 걸렸지만, 이제는 '매일 커피를 즐기는 사람들'에게 무한한 공감과 애정도 느끼게 되었다. 특히 어머니 세대의 분들이 "커피라면 뭐든 좋지." 하며 자기만의 방식으로 커피를 마시는 걸 보면 젊은 사람들보다 제대로 즐기고, 진정한 멋을 아는 사람이라는 생각이 들어 감탄하곤 한다.

나보다 어린 나이에 육아에 힘쓰면서 커피를 즐기는 한 주부가 있는데, 가족이 마실 양만 직접 핸디 로스팅을 한다. 로스팅, 내리기, 마시기 등등 커피와 접하는 것이 생활의 일부인 것이다. 이렇게 커피를 즐기는 사람은 보기만 해도 기분이 좋다.

나중에 보니 우리 어머니까지 핸드 드립으로 커피를 내려 마실 정도가 되었다. "이제 다른 건 못 마시겠다니까." 그 말씀에 존경심마저 들었다.

엄마표 커피

가나자와에 있는 시댁에서는 매일 저녁 시어머니의 커피를 마신다. '이제 하루도 저물었으니 한숨 돌려 볼까?'라는 타이밍으로 절로 마음을 들뜨게 하는 디저트와 함께 나오는 시어머니의 커피가 참 좋다.

커피는 같은 원두를 사용하더라도 내리는 사람에 따라 맛이 달라진다. 같은 사람이 내린다고 해도 내릴 때마다 맛이 다르다. 그래서 더 재미있는 분야인데 시어머니의 커피는 언제나 같은 맛이다. 선물로 가져다드리는 원두는 매번 다른 브랜드인데 똑같은 맛이 나오다니 신기할 따름이다.

그래서 와니 씨에게 물어보았다. "어머님이 커피를 내리면 왜 매번 똑같은 맛이 나지? 맛이 언제나 같다니 이상하지 않아?" 당연하게만 여겼던 자기 어머니의 커피에 와니 씨는 "어?"하며 놀라 얼른 한 모금 마셔보았다. "정말 똑같은 맛이 나네. 매번 마시던 맛이다 보니 생각도 못 해봤어. 왜지?" 프로 로스터가 모르는 일을 내가 알 수 있을 리가 없다.

"커피 내리는 걸 좀 구경해도 될까요?" 어머님께 부탁해 보았다. "그러렴." 살짝 수줍어하시는 어머님의 모습에 나도 쑥스러워졌다. 와니 씨에게도 함께 보자며 끌어들였지만 "이상하게 부끄럽네. 됐어."라며 거절했다.

둘만의 커피 교실은 처음인지라 기대감으로 두근거렸다. 어머님은 매번 내가 와니 씨에게 귀에 딱지가 앉도록 듣는 잔소리와는 정반대의 방법으로 커피를 내리셨지만 그래도 즐거워 보이셨다. 매우 부드럽지만 내리는 법이 살짝 격렬했다. 그게 바로 '엄마표 커피'의 비밀임을 알 수 있었다.

감사 인사를 하고 갓 내린 커피와 과자를 가지고 와니 씨의 방으로 돌아갔다. "커피 어떻게 내리셨어?" 와니 씨는 궁금해했지만, 이건 나만의 비밀로 둘래.

커피점

　누군가 직접 내린 커피를 한 모금 마시면 그 사람의 특성을 알 수 있다. 성격이나 그날의 컨디션, 혹은 기분이 맛에 반영되는 것이라 생각한다. 그걸 기가 막히게 알아맞히는 것이 와니 씨의 특기 중 하나인데 그 진가는 커피 교실에서 발휘된다. 옆에서 과정을 계속 지켜보지 않아도 커피를 한 모금 맛보면 어떤 식으로 내렸는지 파악하고 조언한다. "리듬감 있게 내리면 좀 더 맛있을 겁니다." 성격이나 몸 상태에 관한 얘기까지 나오면 그 말을 들은 당사자가 깜짝 놀라면서 수긍하기도 한다.

　매일 전문 로스터의 일상을 함께 하다 보면 나도 어깨너머로 배우는 것이 있어서 그런 대화에 공감할 때가 있다. 커피를 마주하고 추출하다 보면 사람의 마음이 자연히 그 맛에 반영되기 때문에 당연하다면 당연한 일이고 신기하다면 신기한 일이다.

　내가 내리는 커피로 예를 들어보면, 아침에 커피를 내리면 그리 맛있지 않다. 출근 준비나 그날 일정 등이 머리에서 떠나지 않기 때문이다. 게다가 아침 식사까지 챙기면서 커피를 맛있게 내려야 한다는 부담에 그 조바심이 맛에 그대로 드러난다. 마음을 진정시키려고 스스로 다독여도 자꾸만 나오는 초조한 심정이란.

　이와 반대로 밤에는 깊은 맛이 나도록 차분히 잘 내릴 수 있다. 저녁 식사를 마친 후 하루의 피로도 잊고 자신만의 시간을 즐기다 보면 어쩐지 마음이 편해진다. 잔잔한 심경이 커피를 내리는 행위에 자연스럽게 배어든다. 그렇게 내린 커피를 술이라도 즐기는 것처럼 홀짝거리던 남편은 가차 없이 지적한다. "밤에는 맛있게 내리면서 왜 아침에는 그렇게 못해?" '아침은 바쁘단 말이야!'라고 속으로 구시렁거리면서도 바쁜 건 다들 마찬가지라서, 바쁜 와중에서도 나름대로 맛있는 커피를 내릴 수 있다면 좋겠다고 진지하게 생각해본다. 그런데 그런 고민을 하니 또다시 맛이 탁해진다. 신경을 쓰자니 끝이 없지만, 마음속 감정이 맛에 배어들어 가다 보니 언제부터인가 커피로 그날의 자신을 되돌아보기 시작했다.

컨디션이 좋지 않거나 걱정거리가 있으면 커피 내리는 순간에는 의식하지 않고 있더라도 뭔가 개운치 않다. 그렇게 내린 커피는 역시 딱 그런 맛이 난다. 그러면 오늘은 컨디션이 별로라고 인식하고 무리하지 말자며 체력을 소중히 보존해둔다. 기대에 잔뜩 들뜬 날이나 즐거운 일을 앞두었을 때 커피를 내리면 즐겁다는 감정이 맛깔스러움을 배가시켜준다. "아! 맛있다. 기운이 좀 나는데?" 하면서 말이다. 어쩐지 무슨 점이라도 치는 것 같은 기분이 든다. 딱 들어맞는다.

초조, 여유, 슬픔, 기쁨 등등 솔직한 나의 목소리를 커피를 통해 듣는다. 커피를 즐기는 데 가장 필요한 것은 어깨의 힘을 빼는 것! 커피가 생활의 중심에 자리를 잡으면 거기서 새로운 자신의 감정을 발견할 수 있을지도 모른다. 피곤한 맛이 나면 무리하지 말고, 기운이 넘치는 맛이 나면 하루를 마음껏 즐겁게 보내야 좋다. 점괘란 맞을 때도 맞지 않을 때도 있는 법. 커피점은 내 인생의 바로미터인 셈이다.

와니 코멘트 ⚫⚫⚫⚫⚪
참 신기한 일이지? 커피 교실을 막 시작했을 때는 한 명, 한 명의 커피 맛을 보고 조언이나 평을 해주기 바빴는데, 하다 보니 각자 커피를 내리는 리듬이 있고 개성을 살린 맛이 있다는 것을 깨달았어. 맛이 있고 없고의 문제가 아니야. 그 사람의 기질에서 나오는 맛이지. 성급한 사람에게서는 성급한 맛이 나오고, 겉으로 보기에는 꼼꼼해 보이지만 알고 보면 뭐든 대강 일을 처리하는 사람에게서는 그런 맛이 나와. 추출한 커피를 순수하게 느끼는 동안 자연히 그런 것을 이해하게 되었어.

나에게 어울리는
도구를 찾자

"좋아하는 커피 맛을 찾아봐." 와니 씨의 조언을 듣고 나에게 맞는
도구가 필요하다고 점차 느끼게 되었다. 처음 산 도구는 포트와 드
리퍼. 이외에도 세척, 내리기, 마시기 등에 필요한 여러 가지 커피 도
구를 마련했다. 맛과 도구의 관계를 이해하니 매일 마시는 커피가
더 맛있어졌다.

'나'다움을 담은 도구

커피를 시작하면 자꾸만 '특별한' 도구를 갖고 싶어진다. 이 '특별'이라는 단어에는 여러 가지 의미가 포함된다. 조금이라도 커피를 더 잘 내릴 수 있다든가, 나만 유일하게 가진 것이라든가. 무엇보다 자신의 감정에 불을 댕기는 매개가 된다면 도구를 고를 때 더욱 신중해진다. 담아 마실 잔도 물론 중요하지만, 일단은 도구가 우선이다.

와니 씨는 "우와! 소리를 뱉을 정도로 감탄을 느낄 도구와 만나는 일이 좀처럼 없어."라고 자주 말한다. 없다면 주문 제작하는 수밖에 없겠지만 시간이 다소 걸린다. 언젠가 만나게 될 거라고 굳은 믿음을 갖고 기다려도 좋지만, 우선 일상적인 도구는 갖춰 두자. "어떤 도구를 갖추면 되나요?"라는 질문을 자주 받는데, 이 글을 통해 조금이나마 답을 찾을 수 있으면 좋겠다.

우선 포트가 중요하다. 끓인 물을 다른 포트로 옮겨서 물의 양과 온도를 조절할 수 있어야 한다. 다음은 드리퍼와 서버. 드리퍼는 제조사가 한정되어 있으므로 원하는 맛을 낼 수 있는 형태를 고르면 된다. 그 밑에 두는 서버는 무한정으로 다양하므로 자신만의 개성을 돋보이게 할 수 있다. 가장 중요한 점은 '어떤 맛을 즐기고 싶은지 명확하게 기준을 세운' 다음 그에 맞추어 고르는 것이다.

물론 보기에 예쁘다거나 사용하기 쉬운지 따지는 것도 중요하다. 그래서 신중하게 골라야 한다. 서버로 예를 들자면, 나는 눈금이 새겨진 비커 스타일은 과학 실험을 하는 것처럼 딱딱한 느낌이 들어서 좋아하지 않는다. 대신 홍차용 티포트를 사용한다. 내부가 보이지 않는 단점이 있지만 지금은 맛과 수증기의 감각을 체득했기 때문에 별 문제 없다.

또 중요한 것이 있다! 원두는 습기와 빛, 열에 약하기 때문에 되도록 완전히 밀

폐할 수 있는 용기를 선택해서 보관해야 한다. 원두를 떠내는 스푼을 고르는 것도 중요하다. 무의식적으로 쓱 떠내도 10g 정도 되는 것이 좋다. 커피밀(전동 그라인더의 종류)은 마지막에 선택한다. 어떻게 커피를 즐길 것인지 정한 다음 정하도록 하자.

내 포트는 물줄기가 줄줄 따라지기 쉽다. 그래서 많이 흐르지 않도록 물의 양을 조절하는 것이 실력을 키울만한 포인트다. 또, 혹여나 물이 흘러 여기저기 젖는 것을 방지하기 위해 직접 만든 클로스도 내겐 필수품이다. 그리고 좋아하는 모양의 머들러로 커피를 섞어주면 완벽하게 마무리된다.

전문가인 와니 씨의 도구와 내가 쓰는 도구를 다음 페이지에 비교하여 정리해 보았다. 경험치가 한참 차이 나서인지 크기부터 다르다.

와니 코멘트 🖊🖊🖊🖊🖊

좋은 도구라도 사용하기 쉬운 부분과 좀처럼 감이 안 잡히는 부분이 함께 있기 마련이야. 그렇다면 그 결점을 스스로 보완하는 노력을 들일 수밖에 없어. 우선 '내 마음에 들어오는' 도구를 찾자. 한 번 내 마음에 들어오면, 결점을 플러스 요인으로 바꾸어 완전히 나의 도구로 만들어가는 것이 아주 즐겁거든. 마치 요리사가 아끼는 조리 도구를 자기 식대로 길들이는 것과 마찬가지지.

와니 씨의 도구들

쿄코 씨의 동료들

도구 이야기

커피를 내리기 위해 꼭 필요한 도구. 주전자에서 끓인 물을 포트에 옮겨 온도를 살짝 낮추는 역할도 한다. 자신의 리듬에 맞추어 가늘게 혹은 굵게 물줄기를 조절하기 쉬운 것으로 고른다. 커피에 물을 부어 거품이 크게 부풀어 오르면 기쁘다.

드리퍼와 서버

깔때기 모양의 도구는 커피를 액체로 추출하기 위한 '드리퍼'로, 리브(Rib)라고 하는 골의 형태와 하단의 추출구 개수에 따라 커피 맛이 미묘하게 달라진다. 아래의 도구는 추출액을 받아내는 '서버'. 와니 씨의 것은 원두를 넉넉히 넣어 커피의 농도를 조절하므로 매우 큰 사이즈다. 난 첫눈에 반한 크리스털 드리퍼를 사용한다.

종이 필터(여과지)

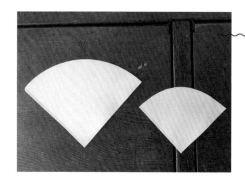

드리퍼 안에 넣어 사용하는 종이 필터. 와니 씨의 것과 비교하면 어른과 어린이처럼 크기가 차이 난다. 한 사이즈 큰 걸 쓰면 커피 가루가 부풀어 오를 때 넘치지 않아 좋다.

비커

원하는 양의 커피를 추출하면 서버에서 드리퍼를 치우고 비커에 올려 나머지 찌꺼기 액을 받아낸 다음 버린다. 아깝다고 생각할 수 있지만 원하는 맛이 날 만큼 추출하면 나머지 추출액은 버리는 것이 좋다. 마지막까지 우려내면 맛이 없어진다. 오래된 비커에는 스티커를 붙여두었다.

스푼

원두 또는 커피 가루의 양을 재는 데 필요하다. 좀처럼 마음에 드는 걸 찾기 힘들었다. 쓱 퍼내기만 해도 10g 정도 되는 것이 좋다. 귀엽게 생겼다면 더더욱 좋다. 부러진 스푼이라도 조심히 사용하면 괜찮다. 동글동글한 생김새가 마음에 든다.

커피 캔

상온에서 원두를 보관하는 용기. 큰 것은 약 80년 전에 만들어진 한 관(貫, 약 3.75kg)짜리. 손님에게 보내드리기 전에 원두를 넣어두면 향기가 배가된다. 나는 구리 재질의 와니 캔을 제일 좋아한다. 뚜껑을 열면 향기가 가득 퍼져 나온다. 「카이카도(開化堂)」제품.

원두를 분쇄하기 위한 도구. 전동 그라인더의 한 종류로 '플랫 버'라고도 불린다. 원두를 홀빈으로 사서 갈 것인지 가루로 사서 사용할지 그 선택으로 느낄 수 있는 즐거움과 맛이 다르다. 커피밀을 사용해 갓 갈아낸 커피 가루에 물을 부으면 잘 부풀어 오르며 더 맛있다. 남편은 로스팅을 시작했을 때, 난 결혼할 때 장만했다. 두 개 모두 중고로 얻은 추억의 물건이다.

원두를 갈면 가루가 흩날리기 쉬우므로 가루를 받을 통이 필요하다. 와니 씨의 것은 젊은 시절 자주 다닌 원두 판매점에서 쓰는 것을 비슷하게 따라 산 애장품이다. 난 친구가 선물해준 와인 시음용 컵을 사용한다.

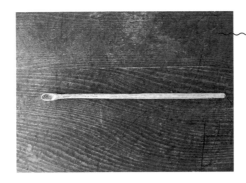

머들러

커피를 내리면 마시기 전에 한 번 젓는다. 반드시 갖추어야 하는 도구도 과정도 아니지만, 맛있어지라고 주문을 외우는 느낌으로 젓는다. 뜨거운 커피, 차가운 커피, 또는 진한 커피, 연한 커피 등 다양한 맛의 커피를 그날 기분에 맞춘 머들러로 저어보자.

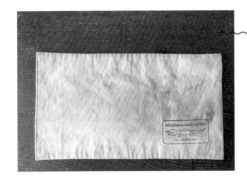

클로스

서버에서 옮길 때 커피가 살짝 넘치거나 뜨거운 물을 흘리는 일이 있다. 그럴 때 테이블이 젖지 않도록 클로스를 깐다. 기왕이면 수제품이 좋아서 직접 만들었다. 종종 커피를 흘려 천에 젖어 들어 자연스레 만들어진 얼룩도 마음에 든다.

솔

원두를 가는 과정에서 이리저리 흩어진 가루를 청소할 때 사용한다. 구비해두면 매우 편리하다. 방심하면 가루가 금방 날리기 때문에 바로바로 청소한다. 디자인 일을 갓 시작했을 때 선배한테 받은 소중한 도구.

핸드픽용 접시

원두를 직접 핸드픽한 다음 로스팅하고 갈아서 커피를 내리면 군맛이 사라져 더 깔끔하고 맛있어진다. 접시 위에 원두를 깔아 놓고, '얘는 맛없을 것 같아.'라고 생각하는 것을 손가락으로 골라 빼낸다. 이렇게 공을 들이면 좋아하는 맛에 쉽게 가까이 다가갈 수 있다. 한 번 시도해보자.

필터 이야기
- 원뿔형이 좋을까? 사다리꼴이 좋을까?

한 달에 한 번, 도쿄의 신토미 초에 있는 도구점 「산노하치」에서 커피를 내린다. 우리 집 커피를 많은 사람이 즐기면 좋겠다는 마음에서 부인회 같은 분위기로 시작한 모임이다. 부인회는 여자 회원으로만 구성되며 따로 선생님을 초빙하지 않고 요리를 좋아하는 사람들이 레시피를 가지고 와서 직접 만들거나 음식을 먹는 모임인데, 어릴 적 어머니들이 즐거운 시간을 보내는 모습을 본 이후부터 동경해 왔다.

그와 비슷한 느낌으로 커피 아마추어들끼리 소통하고 즐길 수 있는 모임이 생기면 좋겠다고 생각했다. 전문가에게 기술을 배우지 않더라도 좋아하는 것을 공유하면 지식의 범위는 넓어진다. 여러 사람과 만나서 디저트를 먹고 커피를 마시면서 커피에 관한 이야기를 하면 커피를 잘 내리는 요령도 자연스레 터득한다.

어느 날, 그 자리에서 커피를 내리던 중 '종이 필터를 드리퍼에 걸 수 있는 홀더가 있으면 편리할 것 같다.'는 이야기가 나왔고, 「산노하치」의 와이어 작품 제작자에게 부탁해서 만들게 되었다. 완성된 홀더는 사다리꼴 필터용이었다. "원뿔형 필터도 쓸 수 있으면 좋을 텐데."라고 말했더니, 곧 질문이 나왔다. "왜 필터는 사다리꼴과 원뿔형으로 분리해서 써야 하지? 다 똑같은 거 아닌가?" 사람들과 머리를 맞대고 생각해보았으나 의문에 답해줄 선생님이 없으니 도무지 알 수 없었다. 따로 알아봐야겠다고 생각하고 숙제처럼 집에 가지고 왔다.

"오늘 필터 이야기를 하다가 '원뿔형이든 사다리꼴이든 다 똑같은 거 아닌가?'라는 말이 나왔어. 그냥 내가 쓰기 좋은 걸로 고르면 되는 거 아니야?" 와니 씨에게 물었더니, "한 잔의 커피 맛으로 생각해 봐."라는 대답을 들었다. 설명을 들으며 그림으로 메모해 보았다.

한 잔의 커피 맛으로 생각하기

동일한 농도와 맛을 내려면?

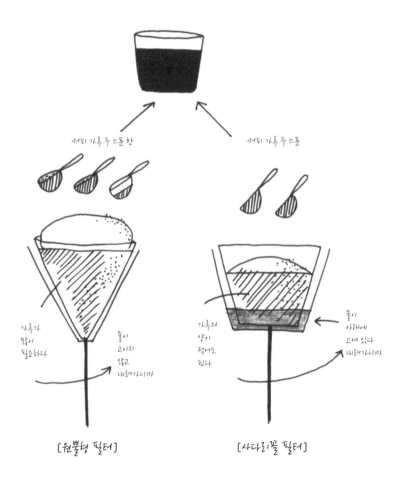

커피 가루 두 스푼 반

커피 가루 두 스푼

가루가 많이 필요하다

물이 고이지 않고 내려가니까

가루의 양이 적어도 된다

물이 아래에 고여 있다 내려가니까

[원뿔형 필터]

[사다리꼴 필터]

[원뿔형 필터]

커피가 가진 '본연'의 맛을 내기 쉽다. (그래서 원두가 신선하고 맛있어야 한다.)

많은 양의 원두를 쓰면 커피가 맛있어진다.

[사다리꼴 필터]

원두 양이 적어도 어느 정도 맛을 낼 수 있다.

(시중에 판매하는 드립백 커피의 필터가 사다리꼴이다.)

원두의 양에 따라 도구를 다르게 쓸 수 있구나. 새삼 깨닫게 되었다. 예를 들자면, 나는 시나몬 로스트 원두는 적은 양으로 가볍게 내리고 싶은데, 그럴 때는 사다리꼴 필터를 쓰는 게 좋겠다는 생각이 들었다. 바로 해봐야지.

"도구에는 장단점이 있으니까 그걸 잘 알고 사용하는 게 중요해. 그래서 아무거나 써도 되는 건 아니야." 와니 씨가 말했다. 그렇구나. 하긴 원리를 잘 이해하면 도구를 잘 고를 수 있다. 커피는 참 신기한 음료인 것 같다. 도구의 용도에 원두의 특성, 물의 온도, 가루의 분쇄도까지 더해져 맛이 달라진다. 이 사실은 꼭 사람들에게 알려줘야지.

와니 코멘트 🔴🔴🔴🔴🔴

드리퍼에는 좁은 틈새가 나 있는데, 이를 리브(Rib)라고 해. 형태에 따라 뜨거운 물이 흐르는 정도가 달라져. 물론 맛도 달라지지. 32쪽 사진의 왼쪽 위에 있는 드리퍼는 리브가 비스듬해서 물이 휘감기면서 흘러내리는 구조야. 그 옆의 것은 아랫부분에만 리브가 있어. 원뿔의 정점에 물이 고이지 않고 바로 떨어지게 되지.

나만의 여행용 커피 세트

교토의 장인들과 협업하여 여행지에서 작업용으로 쓸 커피 도구를 만들자는 이야기가 나온 지 4, 5년이나 시간이 지났지만 여전히 진전이 없다. 내가 구체적인 형태를 제시하지 못했던 탓도 있고, 각 도구의 장점을 최대한 살려서 만들고 싶다는 욕심 때문에 자꾸만 망설여서 미뤄지는 것 같다.

또, 이런 도구를 만들어주는 장인들은 다들 몇 대째 이어가는 전통 있는 가게의 후계자들이니 정말 훌륭한 도구를 제작하고 싶다는 욕구가 크다. 명성에 먹칠하는 짓을 하지 않게 조심하자는 마음도 가지고 있을테니 이렇게 미뤄지는 것은 어쩌면 당연한 일이 아닐까 핑계를 대본다. 나야 혼자만 부끄럽고 끝나면 괜찮지만 말이다.

드리퍼, 커피 캔, 주전자와 포트, 차 거름망, 스푼과 컵, 그리고 이런 도구들을 깔끔하고 기능적으로 수납할 수 있는 상자. 그리고 각 도구는 업무에 맞춘 특수성을 갖추어야 한다.

기존에 있는 드리퍼 중에서 가장 큰 사이즈는 6인분이 한계다. 어떻게든 10인분으로 내려 보고 싶지만, 그러려면 아래로 떨어지는 추출액의 속도를 내가 원하는 속도로 맞춰야 하고, 게다가 추출 중에 식지 않도록 하는 방법도 고안해야 한다. 커피 가루를 200g 정도 사용할 수 있게 만들 경우 가루가 부풀어 오르는 부피까지 고려하면 드리퍼가 거의 양동이만한 크기가 되어버린다. 드리퍼를 만드는 장인과 상의를 해보면 도저히 한 손으로는 들 수 없는 수준이 되며, 어쩔 수 없이 사이즈 수정이 필요하다는 이야기가 나온다.

페이퍼 드립(종이 필터를 이용하여 커피를 추출하는 방법) 도구에는 각별히 신경을 쓰고 싶다. 이렇게 단순하면서도 심오한 도구들은 다른 도구들엔 없는 매력이 있다.

그걸 내 나름대로 깊이 연구하고 싶다.

　모든 게 이런 식이니, 집중해서 열심히 일을 진행시키지 않으면 뜬구름 잡는 이야기가 되고 만다. 번거로워 보이지만, 취미 도구로써 아름답게 만들고자 하는 것이므로 제작의 장벽이 더 높다. 하지만 분명 멋진 것이 나오리라 믿으며 언젠가 선보일 수 있는 날을 기대하고 있다.

교코 코멘트 ✐✐✐✐✐✐

여행지에서도 직접 커피를 내릴 수 있다면 얼마나 좋을까? 이에 답하듯 와니 씨는 여행용 커피 세트에 대한 로망을 이야기한다. "여행지의 원두 가게에서 마실 만큼의 양만 가루로 갈아 커피 캔에 넣어 숙소로 돌아가는 거야. 방에 있는 포트로 물을 끓이고, 찻주전자로 내리면 즐겁겠지. 주머니는 어머니가 손수 만들어 주실 거야." 사진에 있는 커피 세트는 휴대가 가능한 미니 타입으로, 이제는 우리 여행에 필수품이 되었다. 이걸 들고 여러 장소를 방문한다. 원두를 보관하는 캔과 드리퍼가 하나의 통 안에 쏙 들어간다.

섞는다는 것

빙글빙글 젓는다.

커피를 내린 후 나의 은밀한 즐거움이다. 내려진 커피에 슥 넣어 휘젓는다. 이번에는 어떤 맛이 나올까? 내가 상상한 맛으로 내려졌을까? 맛있어지라고 주문을 외우면서 둥글게, 둥글게 빙글빙글 동그라미를 그린다. 이런 재미를 함께 할 도구는 내 마음에 드는 것으로 하나하나 찾아 소장하면서 더욱 즐거움을 더한다. 그때의 기분이나 상황에 맞추어 도구를 바꿔 사용하는 것을 추천한다. 평범한 막대기조차 나에게는 특별한 것이 될 수 있기에 여러 가지 도구로 시험해보길 바란다.

(왼쪽부터)

은 스푼 : 손잡이 밑 부분이 구부러져 있다. 살짝 자신감이 부족할 때 사용하면 기분이 좋아진다.

『무라카미 레시피』의 머들러 : 첫눈에 반한 귀여움. 무라카미 씨에게 결혼 선물로 받았다. 막대 끝에 원두 한 알 크기의 스푼이 붙어 있다. 잘 만들어진 머들러다.

대나무 스푼 : 가느다란 대나무 세공품. 커피 양이 적거나 진하게 내렸을 때 사용한다. 손잡이가 섬세해서 더욱 매끄럽게 섞이는 감이 든다.

나무 스푼 : 언뜻 보기에는 평범하게만 보이지만 사용하기 쉽다는 장점을 가졌다. 아이스 커피나 커피를 듬뿍 내렸을 때 자주 사용한다. 어쩐지 스스로 듬직해진 기분이 들게 된다.

Dragon : 아주 오래된 것으로 원래는 작은 새들이 앉는 나뭇가지였다. 며칠 동안 커피로 졸여 머들러로 만들었다. 이걸로 커피를 저으면 해리포터라도 된 기분이 든다.

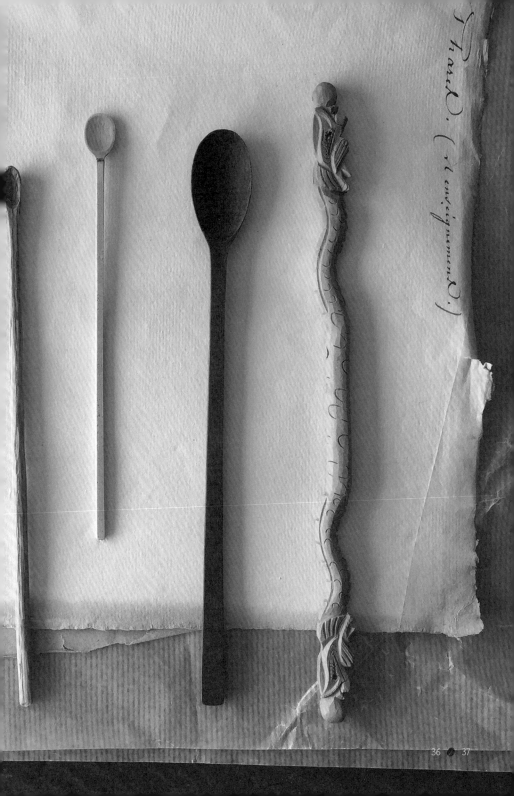

*T*an*D*. (*et enseignement*.)

36 ● 37

웃는 커피 로스터기

열림(開)과 닫힘(閉)이라고 쓰인 글자는 눈. 완만하게 구부러진 댐퍼의 고리는 웃는 입꼬리. 레버 끝에 달린 붉은 구슬은 혀를 메롱 내민 것처럼 보인다. 오래된 물건이지만 정성껏 손질한 느낌이 전해진다. 커피 로스터기를 귀엽다고 생각하는 게 이상하게 보일 수도 있겠지만, 그 장난꾸러기 같은 얼굴이 정말 앙증맞았다.

그게 '럭키'를 처음 만났을 때 내가 받은 인상이다. 아마 그때부터 커피생활자 인생이 시작되었을 것이다. 그리고 언젠가 이 아이와 함께 로스팅을 경험할 것 같다고 느꼈다. 로스터기에 붙은 이름표에는 'lucky COFFEE ROASTER'라고 쓰여 있어서 '네 이름은 럭키구나.' 하고 마음속으로 말을 걸어보았었지.

내가 럭키에게 귀여움을 느끼는 것과는 달리, 와니 씨는 언제나 진지하게 그 앞에 서서 로스팅을 한다. 평소의 그에게서는 상상할 수 없을 정도의 민첩한 움직임이다. 1분 1초가 불꽃과의 진검승부이다 보니 당연한 일이지만, 개의치 않는다는 듯 럭키는 웃고만 있다. 덜걱덜걱 흔들리는 커다란 덩치의 리듬. 이 콤비 사이에서 느껴지는 강렬한 기운이 좋다. 로스터기 청소는 그를 돕는 것에서 시작된 것이지만, 실은 언젠가 내가 로스팅할 때를 염두하고 '잘 부탁해, 럭키!' 하는 은근한 속내가 있다.

매일 커피와 함께하는 생활 속에서 와니 씨와 럭키를 보고 있으면 반려견과 장난을 치고 노는 가족을 바라보는 기분이 든다. "밥을 주는 나와 놀아주는 와니 씨 중 누가 더 좋니? 당연히 나겠지?" 같은 질문도 해보곤 한다. 물론 상대는 기계라서 대답을 해주지 않지만.

우리 집에서 제일 열심히 일하는 일꾼을 애지중지 잘 키우고 있다.

청소의 필요성

방과 럭키(커피 로스터기) 중 어느 곳부터 청소를 시작할까? 매일 아침 고민거리다. 어느 쪽이든 둘 다 매일 청소해야 한다. 쾌적하게 살기 위해서라도, 맛있는 커피를 마시기 위해서라도 말이다. 기왕 청소할 바에야 즐겁게 하는 편이 좋겠지만 시간은 한정되어 있으니 머리를 굴릴 수밖에 없다. 그날의 계획에 맞추어 자연스레 움직일 때도 있지만 그래도 매일 최적의 동선을 고민한다.

원래 청소하는 걸 좋아해서 이 시간이 꽤 즐겁다. 자주 사용하는 청소 도구를 들고 진지하게 로스터기 청소에 임한다. 얼마나 깨끗이 청소하느냐에 따라 커피 맛이 달라진다는 걸 알기에 신경을 쓸 수밖에 없다. 방 청소에도 각자 고유의 규칙이 있듯 로스터기 청소도 나름의 규칙을 정했다.

● 위에서 아래로, 왼쪽을 한 다음 오른쪽. 순서대로 할 것.

● 시작하기 전에 반드시 손을 깨끗이 씻을 것.

● 로스터기 청소는 중요한 일임을 마음에 새길 것. 음식물을 다루는 곳이니까.

제일 상단의 문을 열어 솔로 체프(로스팅 시 원두에서 벗겨지는 껍데기)를 쓸어낸다. 볶을 때 생기는 연기는 흰 가루가 되어 문에 달라붙어 있다. 쓱쓱 싹싹 천천히 조심스레 털어낸다. 가끔은 손도 솔이 된다. 여기저기 가득 쌓여있어서 방심할 수 없다. 때가 묻은 채로 두면 안 좋은 냄새가 새로운 커피에 섞여 버린다. 커피를 즐기기 위해서라도 로스터기를 깔끔하게 손질해야 한다.

매일 청소할 때마다 나와 커피의 거리가 점점 가까워지는 기분이 든다.

이사도 하기 전부터 이 방을 로스팅실로 삼자고 결심했지. 굴뚝이 바깥으로 나서 하늘과 연결되어 있다는 단순한 이유 때문이었어. 그래서 우리 집은 맨션의 꼭대기 층, 가장 옥상에 가까운 곳이야.

커피 캔은 모두 「카이카도」 제품. 오른쪽의 가장 큰 캔은 26쪽에서 소개했던 약 80년 전에 만들어진 캔이야. 그리고 나머지 네 개는 「카이카도」와 콜라보로 제작한 것들이고. 오른쪽부터 놋쇠 재질, 구리 재질이고 남은 두 개는 스테인리스 재질이야.

여행지에서 접한 추억과 소품들을 늘어놓았어. 커피 관련 책은 쿄코 씨가 커피를 공부했던 교과서로 가장 알기 쉬운 책이지.

커피콩,
맛있는 커피의 증거

커피는 어떤 존재일까? 알면 알수록 흥미가 생긴다. 고작 한 잔의 음
료가 사람의 마음을 사르르 녹이고 빠져들게 만들다니. 이렇게 매혹
적인 존재와의 만남은 커피콩을 관찰하는 것에서 시작된다. 본래 녹
색인 생두는 로스팅 과정을 거치면서 오렌지색으로 변한다. 옆에서
그 광경을 보고 있노라면 와니 씨가 로스팅하는 것이 마치 콩자반을
만드는 것처럼 느껴지기도 한다. 또, 커피콩이 움찔하는 순간이 있
는데 그걸 만지면 왠지 모르게 기분이 좋아진다.

브라질

파나마

과테말라

콜롬비아

NAKAGAWA WANI COFFEE

TEL 03-5966-7801

볼리비아

예가체프

탄자니아

에티오피아
첼벨렉투

모카

커피 커뮤니케이션

"이건 뭐야? 저건 뭐야? 어떤 특징이 있어?" 쏟아지는 질문에 와니 씨는 "로스팅 일기를 써보면 어떨까?"라고 제안했다. 로스팅 일기를 쓰다 보면 커피에 대한 지식을 자연스레 익힐 수 있을 거란 얘기겠지. 재미있을 것 같긴 하지만 그보다는 와니 선생님의 지도를 받고 싶다. 개인적인 욕심일까? 사실 나는 보면서 배우고, 느끼면서 깨닫는 편이다. 어떻게 보면 외계어로 여겨질 만큼 난해한 그의 말을 곱씹으며 스스로 되묻는 과정을 통해 커피 커뮤니케이션의 깊이가 깊어진다. 그게 올바른 방법인지는 잘 모르겠지만 말이다.

나는 상상하는 것을 좋아한다. 핸드픽을 하며 커피콩을 만지면 그 원산지인 나라를 방문한 것처럼 감상에 젖곤 한다. 그래서 커피콩을 한 종류씩 자세히 관찰하기가 힘들다. 로스터의 눈을 피해 잘 손질된 콩들을 몰래 봉투에 넣어 와서 느낀 바를 적어두었다가 나중에 정돈되지 않은 내 의견을 바탕으로 와니 씨에게 질문한다. 그의 추상적인 대답을 기록하는 관찰 일기에 이제는 나름의 보람을 느끼게 되었다.

좋아하는 품종도 생겼다. 바로 '로부스타'. 형태가 콩이랑 비슷하게 생겨서 정말 귀엽다. 로스팅하면 독특한 아시안 아로마가 생겨 그리움을 불러일으킨다. 어린 시절을 떠올리게 하는 그 맛은 어쩐지 보리차? 그렇다! 로부스타는 보리차 맛이 난다.

와니 코멘트 ⦿⦿⦿⦿⦿

계속 같은 일만 하면 좋든 나쁘든 사고방식에 융통성이 없어질 수 있어. 그럴 때 다른 사람이 만드는 걸 보면 새로운 발견을 하게 되지. 쿄코 씨가 채반으로 로스팅한 커피를 처음 마셨을 때 동남아시아의 커피 맛과 비슷해서 갑자기 추억이 떠올랐어. 동남아시아의 커피를 만드는 방법을 알게 된 순간이.

쿄코 씨의 로스팅 방법에 대해 와니 씨가 적은 관찰 일기. 빨간색 글자는 나중에 열린 반성회의 메모

핸드픽하기

로스팅 과정을 거치지 않은 커피콩을 '생두'라고 한다. 아틀리에에 도착하면 먼저 포장을 뜯어 생두의 생김새와 냄새를 확인한다. 마음에 차지 않으면 실망하고, 좋은 상태라고 느끼면 로스팅하면 어떤 멋진 커피가 나올지 기대로 가슴이 설렌다.

생두는 여러 나라에서 생산되는 농작물이라서 원산지나 생산 연도에 따라 맛이 다르다. 품종 개량이 되어 맡아본 적도 없는 향기나 표정의 생두와 처음 만나는 일도 있지만, 어느 정도 경험을 쌓다 보니 어렴풋이 좋고 나쁨을 구분할 수 있게 되었다. 그래도 역시 로스팅을 해보지 않고선 아무것도 알 수 없다. 게다가 나는 콩의 기질에 맞추기보다는 내 기질에 맞는 콩인지 따지므로 일반적인 생두에 대한 평가와 내가 내리는 평가는 다르다.

그다음 생두를 놓고 핸드픽을 시작한다. 솔직히 이 작업은 정말 번거롭기 때문에 마음 같아선 얼른 넘어가고 로스팅 작업에 들어가고 싶다. '그런데도 왜 이 과정을 거치는가?'라고 묻는다면 벌레 먹은 것이나 덜 여문 것, 발효된 것, 흠집이 난 것, 요즘에는 그런 일이 거의 없지만 혼입된 불순물을 제거하는 작업 등이 필요하기 때문이라고 답할 것이다. 그럼 이 과정을 거치지 않고 로스팅하면 어떤 일이 생길까? 단순하게 말하자면, 맛이 없어진다.

우리 집에선 커다란 소쿠리에 생두를 싹 쏟아 넣고 손으로 콩을 휘저으며 선별해 나간다. 쓸데없이 시간을 너무 들인다고 말하는 사람들이 있지만, 이 작업은 효율적으로 하기 위해서 하는 게 아니다. 우선 생두를 만져보기 위해서 하는 것이다.

핸드픽은 요리사가 채소나 고기, 생선 등 음식 재료를 요리의 구성에 맞춰 잘 썰고, 다듬고, 선별하는 기본 준비와 같다고 생각한다. 그렇게 손으로 전해지는 감각, 후각으로 느껴지는 향기, 생두들이 맞부딪치며 나는 소리를 듣고, 눈으로 보고, 나아가 몸 전체로 느끼는 것이다.

이 과정이 끝나면 로스팅 단계로 들어가 완전히 볶인 콩들이 우리가 아는 커피 원두다. 그리고 다시 갓 볶은 원두들을 놓고 마무리 핸드픽을 한다. 이때 하는 핸드픽은 원두 전체의 자세라고 할까, 모양새를 정돈하기 위한 것이다. 커피 원두의 양감 전체가 보여주는 자태가 아름다워야 한다고 생각하기 때문이다. 그리고 무엇보다도 맛있게 완성되고 있는 것인지 그 여부를 몸으로 느끼고 싶다.

나는 개인 매장을 가지고 있지 않은 로스터다. 손님들이 커피 원두를 받았을 때 제일 먼저 눈에 들어오는 것은 그 당시의 원두 컨디션이다. 맛은 물론이요, 외형도 만족스럽게 다듬어 실망하지 않게 하는 것이 원두와의 첫 만남에서 중요한 일이라고 생각한다.

7/2(목)

날씨 흐림
'전부터 노렸던 커피콩입니다.'

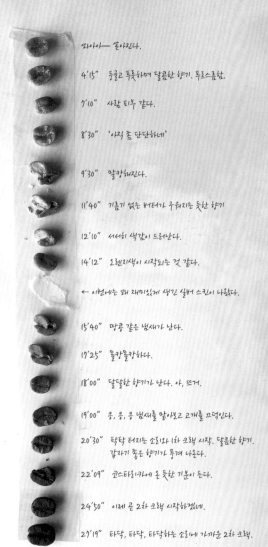

솨아아— 쏟아진다.

4'15" 둥글고 통통하며 달콤한 향기. 푸르스름함.

7'10" 사람 피부 같다.

8'30" '아직 좀 단단하네'

9'30" 말캉해진다.

11'40" 기름기 없는 버터가 구워지는 듯한 향기

12'10" 서서히 색감이 드러난다.

14'12" 오렌지색이 시작되는 것 같다.

← 이번에는 꽤 재미있게 생긴 실버 스킨이 나왔다.

15'40" 땅콩 같은 냄새가 난다.

17'25" 몰캉몰캉하다.

18'00" 달달한 향기가 난다. 아, 뜨거.

19'00" 콩, 콩, 콩 냄새를 맡아보고 고개를 끄덕인다.

20'30" 탁탁 터지는 소리와 1차 크랙 시작. 달콤한 향기.
갑자기 좋은 향기가 퓨겨 나온다.

22'09" 코스타리카에 온 듯한 기분이 든다.

24'50" 이제 곧 2차 크랙 시작하겠네.

27'19" 타닥, 타닥, 타닥하는 소리에 가까운 2차 크랙.

(아이스 커피용)

지금은 딱딱 터진다.

오늘은 춤을 추었다.

| 커피콩, 맛있는 커피의 증거

7/24(금)
날씨 맑음→소나기

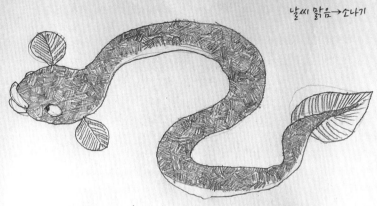

05분 15초	7분 10초	10분 12초	12분 48초	14분 00초	16분 21초	18분 00초	19분 30초	21분 6초	21분 45초	24분 38초	27분 00초
문득 밤깡어를 떠올렸다.	따뜻해진다. 사람 피부.	물렁해진다. 평소보다 좀 빠르다.	푸릇한 냄새. 말랑말랑.	오늘은 물컹한 상태까지 간다.	액막이로 콩뿌릴 때 쓰는 볶은 콩냄새.	오렌지색 시작됐다.	이때 향기로운 냄새가 난다.	달달한 향기까지 추가. 이제 곧 터지기 직전의 색.	1차 크랙. 타닥타닥하는 소리가 기분좋다.	달콤한 향기가 솟아난다.	아주 선명한 색으로 볶아졌다.

끝

와니 씨의 로스팅을 보고 느낀 점을 적은 쿄코 씨의 관찰 일기

'나'다운 커피

'내가 좋아하는 맛'을 추구하다 보니 스스로 간을 맞추는 재미에 눈을 뜨기 시작했다.

우리 집 커피는 완전 수주 생산이다. 고객의 주문을 먼저 받고 필요한 양만 볶는다. 그래서 재고가 남지 않는다. 우리가 평소 마시는 커피도 그 연장선에 있다. 판매용 원두는 마무리 작업으로 핸드픽까지 마치지만 우리만 마시는 건 안 할 때도 있다. 그럴때는 커피를 내리기 직전에 핸드픽을 한다. 스푼으로 퍼낸 원두를 커피밀에 넣기 전에 핸드픽용 접시에 놓고 '맛있어.'와 '맛없어.'로 분류한다. 신기하게도 이 과정을 거치고 안 거치고에 따라 맛에 큰 차이가 난다. 그대로 마셔도 충분히 맛있지만 핸드픽을 하면 내가 원하는 맛, 나다운 맛을 첨가할 수 있다.

우리는 일상적으로 여러 가지 커피를 마신다. 선물로 받은 것, 외부에서 산 것, 가끔 '한 번 맛보세요.'하고 보내주시는 것도 있다. 처음에는 그대로 마시고, 두 번째 마실 때는 접시에 착 깔아놓고 핸드픽을 한다. 맛이 전혀 다르다. 버리는 원두가 아깝다, 너무 수고스럽다고 생각할 수도 있겠지만 같은 커피를 다른 맛으로 두 번 즐기는 사치는 상당히 즐거운 일이다.

직접 핸드픽하는 것을 자신이 요리를 마무리 짓는 것과 같은 일이라고 생각하자. 이 과정이 나다움을 낳는다. 원두를 골라내는 기준은 간단하다. 내 눈에 '맛없어 보여.'라고 보이거나 지저분하다고 생각한 원두를 빼낸다. 그리 어려워할 필요는 없다. 나의 취향=나만의 커피이니 말이다.

맛있는 커피의 증거

매년 6월이 가까워지면 특별 주문이 들어온다. 도쿄 센고쿠에 있는 가게 「핫퍄쿠 커피」의 메뉴에 커피 플로트(커피와 얼음을 넣고 아이스크림과 크림을 얹은 커피)가 추가되기 때문이다. 가게 점장인 후미 씨의 수제 아이스크림과 어우러질 아이스 커피를 위해 와니 씨가 강배전으로 진하게 로스팅한다.

다닥, 다닥, 다닥, 하고 천천히 들리는 크랙 소리. 점점 타닥, 타닥, 타닥하는 소리로 바뀐다. 오늘은 특히 오랜 시간 동안 크랙이 일어나는 것 같다. 향기와 시간을 확인하면서 와니 씨가 환히 웃으며 말했다. "처음에는 둔탁한 소리만 나다가 점점 타닥거리면서 지금 같은 소리가 나. 크랙이 길어질 때는 내가 의도한 맛에 가깝게 볶아져." 그 크랙 소리는 마치 커다란 홀에 들어찬 수많은 관객이 박수라도 치는 소리처럼 들린다.

2차 크랙에 들어서면서 '이때다!' 싶은 향기가 날 때 로스팅을 멈추고 단번에 원두를 로스터기에서 꺼낸다. 달콤하고 촉촉하면서 산뜻한 향기가 집안에 가득 퍼진다. "한 번 먹어봐." 와니 씨는 갓 볶은 원두를 아작아작 씹으면서 한 알 내민다. 깨물다 보면 마지막에 입안에서 '사르르'하고 원두가 녹으며 사라진다.

"로스팅을 진하게 할수록 이렇게 사르르 녹아 없어지는 게 중요해. 섬유질이 없는 느낌이 맛있는 커피의 증거지." 와니 씨가 싱긋 웃는다. 아하, 그렇구나. "그런데 섬유질이 남는다는 게 무슨 뜻인지 모르겠어." "뭐?" 와니 씨가 되묻는다. 멋지게 폼을 잡아가며 설명했는데 엉뚱한 소리나 해서 미안하지만 진짜 모르겠는걸. 정말로 난 '커피의 섬유질'이 뭔지 모르겠다(웃음).

로스팅이란

커피에 대한 나의 자세는 단 하나다. 언제 어디서든 그저 맛있는 커피를 마시면 그만이라는 것. 그래서 로스팅하는 사람이 어떤 맛으로 완성하고 싶은지 제대로 이미지를 그리며 한다면 솔직히 로스팅 상태가 어떻든 크게 상관하지 않는다. 맛만 있으면 된다.

로스팅에 대해 조금 설명을 해보자면, 커피 생두는 열을 가해 볶지 않으면 음료가 될 수 없다. 이 열을 가하는 과정을 '로스팅', 또는 '배전'이라고 하는데, 같은 품종의 원두여도 열을 얼마나 가해 볶느냐에 따라 맛이 판이하게 달라진다. 이 때문에 로스팅 강도에 따라 분류하여 부르는데 '라이트 로스팅(약배전)', '미디엄 로스팅(중배전)', '다크 로스팅(강배전)' 등이 그 예이다. 로스팅 단계에 대해선 할 말이 많지만 간단하게 정리해 보았다.

- 로스팅 단계는 볶는 정도에 따라 통상적으로 아래의 8단계로 말한다.
  라이트 로스팅(최약배전) → 시나몬 로스팅(약배전) → 미디엄 로스팅(중배전) → 하이 로스팅(강중배전) → 시티 로스팅(약강배전) → 풀시티 로스팅(중강배전) → 프렌치 로스팅(강배전) → 이탈리안 로스팅(최강배전)

- 로스팅 강도가 약할수록 산미나 맛의 개성이 강하고, 로스팅 강도가 강할수록 산미는 감소하고 쓴맛이 강해진다.

- 예를 들자면, 스타벅스는 프렌치 로스트나 풀시티 로스트 단계에 해당하는 맛이다.

하지만 최근에는 커피 생두의 성질 변화 때문에 로스팅 단계 표기가 애매해지면서, 로스터(커피콩을 로스팅하는 사람)마다 해석을 달리하게 되었다. 소비자의 관점에서 보면 구분하기 힘든 상황일지도 모른다. 그래서 맛있다고 느끼는 커피를 만나게 된다면 그것만으로도 행복하다. 로스팅 상태에 크게 얽매이지 않는다는 건 바로 그런 뜻이다.

풀시티 로스트
(중강배전)

프렌치 로스트
(강배전)

채반으로 로스팅하기

집에서 직접 로스팅하는 사람들을 만나 대화를 나눌 때가 의외로 많다. 그들은 전문가가 아니라 보통 사람이다. 예를 들자면, 어머니가 가족을 위해 로스팅을 한다든지, 아내가 남편이 직접 만든 손으로 돌리는 형식의 로스터기를 사용한다든지, 혹은 꼿꼿이 전문가가 작업을 시작하기 전 기분 전환을 위해서 한다든지 말이다. 커피 교실에 오는 사람들 중에도 프라이팬이나 작은 로스터기로 로스팅을 하는 사람들이 있는데, 언제나 즐겁게 로스팅에 관한 이야기를 나눈다. 그 모습이 마치 각자 요리하는 방식에 대해 열띤 토론을 하는 것처럼 보여서 와니 씨가 예전부터 입버릇처럼 했던 '커피는 요리처럼 즐기면 좋겠다.'던 말이 떠올랐다.

홈 로스팅을 할 때 필요한 재료와 도구, 방법은 생각보다 간단하다. '오늘은 직접 볶아볼까.' 하는 마음이 들면 여러 사람이 해준 조언을 내 나름대로 조합해서 로스팅한다. 그 조언 중 하나가 '쌀밥 짓는 원리로 생각해보기'였다. 쌀이 끓어올라 밥이 되는 것처럼 바짝 마른 생두가 수분을 흡수하여 눈을 번쩍 뜨는 감각이 비슷하달까. 잘 볶아진 원두는 쌀밥처럼 부풀어 오르고 커진다. 그 원두로 바로 커피를 내려 따끈따끈한 수제 커피를 즐긴다.

그림을 그리는 친구한테 말했더니 "그러게. 정말 밥이라도 짓는 것 같아. 난 깨 볶는 도구가 있으니까 그걸로 해볼게."라고 답했다. 생두가 볶이는 모습, 향기로운 내음. '내가 마실 만큼만 볶아볼까.'하는 마음이 드는 날에는 생두 약 30g을 채반에 넣어 로스팅한다. 전문가가 만든 커피도, 내가 직접 만드는 커피의 맛도 모두 즐길 수 있다니 참 좋다.

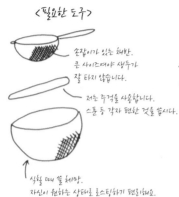

〈필요한 도구〉

손잡이가 있는 채반.
큰 사이즈여야 생두가
잘 타지 않습니다.

저는 주걱을 사용합니다.
스푼 등 각자 편한 것을 씁시다.

↑
식힐 때 쓸 체망.
자신이 원하는 상태로 로스팅하기 편리해요.

생두 껍질을 벗길 수 있습니다.

쓱쓱쓱

세 번 정도 물을 갈며
쌀을 씻듯 생두를 씻어줍니다.

다 씻은 생두를 수건으로 감싼 후
탁탁탁 두드리며 물기를 충분히
제거해 주세요.

수건을
펼치면...

※ 꼼꼼히 수분을 제거할 것

생두에 생기가 돕니다.

① 상태를 보며 볶는 것이 중요하지만 일단
3~5분 정도 어림잡아 휘저어 줍니다.

껍질이 가루가 되어
팔랑팔랑 떨어진다.

재빨리
휘젓는다.

손으로
ㄴ자 사이즈
정도

15cm

중불보다
살짝 약불

※ 섞는 것이 포인트!

볶음밥을
섞으며
볶는 느낌으로

주걱으로 빙글빙글 휘저으면서 생두
껍질이나 재들을 털어냅니다. 녹색이
점점 노란빛으로 변해갑니다.

---

② 로스팅이 진행되면서 시나몬색으로 변하
면, 불에 5cm 정도 더 가까이 가져다 대고서
콩을 볶는 느낌으로 3분 정도 휘저어 줍니다.

콩들이 튀어나가지
않도록 조심할 것

10cm까지
좁힌다.

중불보다
약간 약불 유지

③ 점점 커피색으로 변화하면, 불에서 조금 떨
어뜨리고 취향에 맞는 색깔로 볶아냅니다. 대
략 3분 정도 있으면 크랙도 시작됩니다.

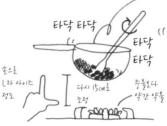

타닥 타닥

타닥
타닥

손으로
ㄴ자 사이즈
정도

다시 15cm로
조절

중불보다
약간 약불

대략 3분×3분×3분으로 9분으로 작업.
순식간에 완성됩니다.

원하는 색으로 볶아진
원두를 다른 큰 체망에
옮겨 잘 식힙니다.

부풀어 오르게
커피 내리기

맛있는 커피를 내리는 데 필요한 세 가지 키워드를 와니 씨가 알려주었다. 그 키워드들을 가만히 곱씹다보니 커피를 맛있게 내리기 위한 비결을 넘어 삶을 재밌게 즐기기 위한 조언일지도 모른다는 생각이 들었다. 원두 가루가 몽실몽실 부풀어 오르면 기분이 좋아진다. 그 기분을 이어받아 즐겁게 커피를 내리면 좋은 맛으로 완성된다. 와니 씨가 알려주는 맛의 비결을 들어보시라.

어떤 맛을 좋아하세요?

    '누구나 알기 쉽게'를 책의 콘셉트로 잡고 레시피를 만들어 와니 씨에게 보여주었다. "이건 별 의미가 없어. 쿄코 씨가 좋아하는 맛이 어떤 맛인지 먼저 설명해야지." 정신이 번쩍 들었다. 그래, 그게 중요하지. "그다음 본인이 처음 커피를 내리기 시작했을 때 무엇이 제일 어려웠는지 떠올려봐야 해." 그래, 그것도 중요하지. 그때, 도대체 뭐가 그렇게 어려웠을까?

1. 우선 '내가 좋아하는 맛'을 몰랐다.

2. 와니 씨가 커피에 대해 설명하는 것을 전혀 이해할 수 없었다.

3. 와니 씨가 내릴 때처럼 커피가 부풀어 오르지 않는 이유를 알 수 없었다.

4. '알싸함'의 의미를 몰랐다.

5. 무엇을 물어봐야 할지 몰랐다.

6. 무엇보다 '커피의 뭐가 그렇게 맛있는지' 공감할 수 없었다.

    몇 가지 경험이 떠올라 와니 씨에게 말해주었다. "그럼 그 의문들을 어떻게 해결했어?" "그러게. 어떻게 알았지?" 새삼스럽게 돌이켜보게 된다.

    먼저, 내가 '좋아하는 맛'을 생각해 보세요. 그게 커피를 맛있게 내리기 위해 가장 중요한 일이랍니다.

절대 내고 싶지 않은 맛

　많은 사람을 끌어들이는 한 잔의 음료, 커피 때문에 와니 씨는 울고 웃는다. 로스팅과 커피 내리는 것. 그 두 가지 행위로 마치 그림이라도 그리듯 여러 블렌드 커피를 만들어 그의 맛과 언어로 표현해낸다. 그리고 그 커피로 다른 이와 무언가를 공유하고 즐거워하는 모습을 보는 게 나는 참 좋다.

　우리 집 커피 맛은 와니 씨가 '스스로 표현하고 싶은 맛을 추구하면서' 만드는 맛이다. 다양한 맛을 내지만 그중에서도 그가 절대 내고 싶지 않은 맛이 있는데, 말로 표현하자면 '알싸함', 탁한 맛이다. 알싸함을 동반한 뒷맛이 나올 정도라면 '커피가 본래 가지고 있는 맛을 없애 버려도 된다.'라고 까지 말한다. 그게 대체 무슨 말이지? 이와 반대로 와니 씨가 마음에 그리는 맛에 알맞게 볶아진 커피는 한 점 혼탁함도 없이 맑다. 정말, 아름다운 커피다.

　로스팅하는 사람, 커피를 내리는 사람, 마시는 사람, 즐기는 사람의 수만큼 커피의 즐거움이 존재한다. 하지만 그가 추구하는 맛의 커피는 맑고 깨끗하기에 더욱 귀하고 맛있는 것 같다.

와니 코멘트 ●●●●●

'알싸함'은 로스팅이 제대로 안 되었거나 생두가 산화할 때 자주 생겨. 사실 로스팅을 한 순간부터 산화는 시작돼. 그래서 잘 로스팅된 원두를 입수하면 가급적 공기에 접촉하지 않도록 제대로 보관하는 것이 중요하지. 커피를 내릴 때 주의해야 할 점은 페이퍼 드립일 경우 처음에는 가능한 한 세심하게 추출하되 후반에는 너무 시간을 들이지 말 것. 그리고 리듬감 있게 내리는 것. 두 가지야.

어떤 커피가 더 맛있을까?   와니 커피

| 부풀어오르게 커피 내리기

교쿄 커피

커피의 길이 맛을 좌우한다.

앞 페이지의 사진은 커피 맛을 실험했을 때 찍은 사진이다. 실험을 위해 같은 원두를 사용하여 같은 분량의 커피를 내린다. 하지만 같은 원두를 사용하더라도 내리는 사람에 따라 맛은 완전히 다르다. 정확히 말하자면 같은 사람이 내리더라도 그때그때 맛이 다르다. 컨트롤의 차이 때문인데, 이런 점이 커피의 재미있는 부분이라고 항상 생각한다.

왜 다를까? 그 이유를 알기 위해 비교를 해보았다. 앞 페이지의 사진을 보면 척 보기에도 달라 보이는데, 그 차이는 '사소한' 움직임에서 생긴다. 아주 사소한 기분이나 동작이 커피의 부풀어 오르는 정도나 맛을 크게 좌우하는 것이다. 이 사소한 차이가 나 같은 초보자에게는 너무 어렵다.

커피를 잘 내리면 아래로 새끼손가락 하나 정도 들어가는 반듯한 길이 하나 생긴다. 이 길을 '커피의 길'이라고 한다. 원두 가루가 충분히 부풀어 오르면서 추출액이 깔끔하게 떨어지면 원두가 가진 여러 맛깔스러움이 추출액에 그대로 드러난다. 사진을 보면 두 개 모두 똑바로 길이 나 있다. 하지만 한쪽은 다른 한쪽에 비해 더 풍성하게 가루가 부풀어 올라 있다. 그 차이로 맛이 크게 좌우된다.

"어느 쪽이 더 맛있어?" 나에게 묻는다면 조금 분하지만 '풍성하게 부풀어 올라 뜨거운 물이 충분히 제 역할을 다했음'을 알 수 있는 와니 커피가 더 여러 가지 맛과 깊이가 느껴진다고 말할 것이다. 하지만 나는 내 취향이 있고, 그걸 목표로 커피를 내린 결과라고도 덧붙일 것이다.

무엇이 어떻게 차이가 나는지 곰곰이 생각해보면, 자신이 내려서 표현하는 커피의 맛이 더욱 넓어진다.

와니 커피는 아래쪽까지

쿄코 커피는 중간까지

와니 코멘트

도구에는 기본적인 원리가 있어. 원뿔형 드리퍼는 기본적으로 뜨거운 물이 중앙으로
길을 만들어 지나가면서 커피를 추출하는 도구야. 원두 가루에 닿은 물은 좌우로 퍼져
가루 속으로 스며들다가 한가운데로 돌아와 맛을 다잡아주는 느낌이랄까. 내 나름대로
풍부하면서도 묵직한 맛의 커피를 만들어보려고 했더니 자연스레 이런 길이 생겼어.
이게 바로 '커피의 길', 맛으로 직결되는 길이야.

커피의 목소리를 듣는 것이 로스터의 일

집 안에 로스터기를 들이게 된 것은 거의 우연에 가까웠다. 그래서 로스팅에 대한 지식도, 경험도 전혀 없이 나의 로스팅 생활이 시작되었다. 누구도 나에게 가르쳐주지 않았기 때문에 — 사실은 누군가에게 배우는 게 싫었다 — 내 멋대로 이렇다, 저렇다 하고 시도해보면서 여러 가지를 알게 되었다.

사실 커피 마시는 것을 아주 좋아했고 나름 취향이란 것도 있었기 때문에 '이런저런 느낌으로 대강 만들면 어떻게든 커피로 완성되겠지!' 하는 얕은 마음을 가진 적이 있었다. 로스터기 안에 커피의 원재료인 생두를 넣고 불로 열을 가해 적당히 시간이 지나면 불을 끈다. 다 볶아진 커피콩을 식히면 끝이니 참 간단하지 않은가? 겉모습을 '대충 적당히'나 '그럴싸하게' 만드는 것이라면 누구든 할 수 있다.

하지만 중요한 것이 있다. 사람이 입에 대는 음식은 맛있다, 맛없다로 평가되는데, 이게 참 까다롭고 골치 아프다. 계속 로스팅을 하다 보니 이전에는 무작정 싫기만 했던 커피의 산미에도 '좋고 나쁨'이 있다는 것을 알았다. '좋은 산미'에는 음식이 가진 자연적인 산의 산뜻함이 있는 것에 비해 "으윽, 셔."라고 느껴지는 '나쁜 산미'에는 시간이 지남에 따라 변화하는 '산화에 의한 신맛'이 있어 몸을 쿡 찌를 정도로 불쾌하다. 이 차이는 로스팅을 여러 번 하다 보니 알게 된 것 중 하나로, 취미로 커피를 즐길 때는 전혀 보이지 않았던 점이다. 대체 무슨 말을 하고 싶은 거냐고? '너무 한 가지만 고집하는 경향'은 사물을 보는 시각의 유연성을 쉽게 떨어뜨린다는 것이다.

커피를 좋아하는 사람은 여러 곳에서 커피를 마셔보면서 어디가 맛있다, 어디가 맛없다는 얘기를 꼭 하게 된다. 나도 로스팅을 생업으로 삼지 않았다면 그렇게 즐기며 맘 편하게 지냈을 것이다. 하지만 매일 로스팅을 하다 보니 "이런 맛이나 향기도 있는데 어떡할래?"라든가 "좀 더 산뜻하게 볶아주면 안 되겠어?"라는 커피콩의 목소리가 들리게 되었고 그에 부응하려 매일 바쁜 나날을 보내고 있다.

어느새 벌써 21년이라는 세월이 훌쩍 지났다. 여전히 커피콩의 목소리가 들린다. "오늘은 어때?" "그게 아니야. 이제 내 특성 좀 알지 그래?" 그러면 이렇게 답한다. "오늘도 솔직하게 제대로 로스팅할게."

나도 커피의 목소리를 듣는다

요즘 들어 커피에 대한 이해도가 높아졌다. 비결은 일상 속 반복. '왜지?'라는 의문과 '한번 해보자!'라는 도전을 매일 반복하는 것이다.

왜 와니 씨의 커피는 잘만 부풀어 오르는데 내 커피는 잘 부풀지 않을까? 모르는 건 와니 씨에게 물어보고 스스로 이해하기 쉽게 그림을 그려보거나 여러 사람과 만나서 이야기를 나눠본다. 그리고 다시 커피를 내리는 일상을 반복하다 보면 점점 말의 의미가 커피 속으로 배어들어 온다.

"커피의 목소리를 듣는 거야. 커피가 움직이고 싶은 방향으로 움직일 뿐이지." 와니 씨는 주문처럼 이 말을 몇 번이나 반복한다. 이해할 수 없었던 그 뜻이 서서히 내가 내리는 커피에 스며들었다.

커피가 부풀어 올랐으면 할 때 '부풀게 하겠다.'는 마음만이 꼭 정답이라고 할 순 없다. 관점을 달리해보면, '주저앉지 않도록' 하는 요령이 있기도 하다. 모두 실전으로 겪으며 천천히 이해하는 것이다.

그러는 사이에 지금까지 커피에 '지배당하고 있었던' 나에게도 자연히 커피의 목소리 같은 것이 들리게 되었다. '아, 알 것 같아.'라는 마음이 들면 그 사람이 그만큼 커피를 즐긴다는 증거다. 언젠가 같이 커피 이야기를 함께 해보면 좋겠다.

와니 코멘트 ●●●●●●

'커피의 목소리를 듣는' 건 커피와의 대화를 의미해. 사람과 사람 사이 의사소통이 이루어지는 것과 마찬가지로 내가 한 일(커피를 내린 일)에 대해 커피는 확실하게 대답해주지. 그걸 제대로 보고 반복하는 거야. 이게 습관이 될 정도로 경험을 쌓다 보면 어느새 커피가 가르쳐줘. "이렇게 하면 더 맛있어."라고.

자신의 맛을 즐기기

　상상해 보자. 커피는 입도 대지 않던 사람이 커피 마니아로부터 "커피 좀 타 줘."라고 부탁받았을 때의 당황스러움을. 심지어 평범한 마니아를 넘어 로스팅을 생업으로 삼아 자신이 원하는 맛을 꾸준히 그려내는 사람에게 말이다. "싫은데." 하고 대답했더니 "부탁 좀 할게." 하고 물러서지 않는다. 그렇게 실랑이를 벌이다 가 결국 "어떤 맛이더라도 '누군가 직접 만들어주는 커피'는 특별해."라고 하는 말 에 마지못해 준비했다.

　커피 가루 위에 뜨거운 물을 붓는다. 와니 씨의 눈썹이 흠칫 움직인다. 나는 내 가 맛없게 커피를 내리고 있다는 사실을 눈치챈다. 완성된 커피를 컵에 옮기고 인 상을 구기며 건네준다. 묵묵히 커피를 마시는 와니 씨의 어깨가 살짝 가라앉았다. 그에게 만들어준 커피 때문에 생긴 아쉽고 억울했던 추억 중 하나다.

　지금 생각하면 웃음만 나오지만, 내가 추억으로 극복할 수 있었던 것은 아래의 세 가지를 유념했기 때문이다.

- "어떻게 하면 맛있는 커피를 즐길 수 있을까?" 포기하지 않는 탐구심
- 무엇보다 중요한 건 오기
- 커피 내리는 자체를 즐길 것

　요즘 우리 집 커피는 아침, 점심, 저녁 전부 내가 내린다. 로스팅 후 시음도 내가 한다. 간식이나 야식까지 포함하면 거의 매일 6, 7잔의 커피를 내린다. 그러다보 니 이제는 내가 내리는 커피 맛에 나름대로 자신이 생겼다. 나의 맛을 즐길 수 있 게 되었다.

출구의 맛을 상상하며

커피를 내릴 때 매우 중요한 포인트로 '출구의 맛을 생각하라.'라는 말이 있다. 예를 들자면, 카레를 만들 때도 매운맛으로 만들 것인가 순한 맛으로 만들 것인가 미리 정한다거나, 향신료를 듬뿍 넣어 맛을 내겠다든가, 과일의 맛을 돋보이게 하겠다든가 등 마지막에 완성되는 맛을 상상하고 만들 것이다. 커피를 내릴 때도 마찬가지다. 어떤 맛의 커피를 마시고 싶은지 확실히 결정하고 내려야 한다. 그러기 위해서는 여러 가게의 커피를 마셔보며 자신이 좋아하는 맛의 커피를 찾고, 그 맛을 상상하며 내리는 방법을 추천한다.

나는 원래 진한 맛의 커피를 좋아했다. 강배전으로 로스팅한 원두를 되도록 잘게 갈아서 매우 오랜 시간을 들여 추출한, 브랜디나 위스키처럼 향을 느끼게 하는 아주 진한 맛의 커피를 좋아했다. 그 커피에 설탕과 우유를 넣어 마시는 걸 참 좋아했다. 지금은 취향이 바뀌어서 가능한 한 원두를 듬뿍 넣어서 둥실둥실 충분히 부풀어 오르게 내린 다음, 커피의 질을 높여 가볍게 마시는 걸 좋아한다. 그래서 추출 시간은 거의 2분 전후로 하여 180㎖ 정도 커피를 내리게 되었다.

뜨거울 때는 맛이 약한 것 같아도 식으면서 서서히 다채로운 맛을 볼 수 있는 그런 커피. 그것이 지금 내가 즐기고 있는 출구의 맛이다.

좋아하는 카페

오이타현의 벳푸 지역에 얽힌 여러 추억이 있는데 그중에서 정확한 이름이 기억나지 않는 카페가 하나 있다. 그곳은 커피 품종은 다양했지만 로스트는 딱 하나, 이탈리안 로스트 뿐이었다. 원두는 제각각 풍부한 맛이 있어서 강배전을 하면 맛이 단조로워진다고들 하지만 이 가게의 커피는 절대 그렇지 않다. 게다가 토스트가 참 맛있다. 사장님의 자기 자랑이 하도 긴 게 옥의 티긴 하지만, 되도록 그 이야기 속에 빵에 대한 자랑도 넣으면 좋겠다. 벳푸는 내가 사는 곳에서는 너무 멀기 때문에 한동안 가지 못했지만 누구나 인정하는 온천 도시다. 마음에 드는 온천에 몸을 뜨끈히 데운 후에 커피와 토스트를 먹는 즐거움을 또 맛보고 싶다.

교토는 카페가 많은 도시다. 교토를 자주 방문하는 사람들은 각자의 취향에 따라 즐겨 찾는 카페가 있을 것이다. 나는 최근에 다시 「이노다 커피」에 자주 가게 되었다. 교토의 본점은 널찍하고 개방감이 있는 데다, 메뉴판도 떠들썩한 광고문구 없이 깔끔해서 마음이 편하다. 배가 고프면 먹을 수 있는 메뉴도 있다. 매장 안에서 시간을 보내는 손님들이 많은데, 아마 편안히 즐길 수 있는 장소로서 안성맞춤이기 때문일 것이다. 그곳의 시그니처 커피에도 요즘은 산미를 느끼지 않게 되었다. 샐러드와 햄샌드위치에 시그니처 커피인 진한 '아라비아의 진주'. 아저씨가 되면서 좋아하게 된 나의 현재 단골 메뉴다.

내가 막 커피를 내리기 시작했을 때 와니 씨에게 배웠던 세 가지 키워드가 있다.

- 자신이 좋아하는 맛을 찾을 것

- 식어도 맛있는 커피로 내릴 것

- 커피를 내리는 것 자체를 즐길 것

이 세 가지 키워드를 체화하고 나니 커피의 목소리를 들을 수 있었다. 커피와 뜨거운 물, 자신의 타이밍이 갖추어졌을 때, 커피는 자연스럽게 몽글몽글 부풀어 오르기 시작했다. 조금 더 자세한 설명과 레시피를 다음 페이지에서 소개한다.

커피를 맛있게 내리는 비결

- '부풀어 오르게 내리기

1.

드리퍼 속 종이 필터에 원두 가루를 넣고 가볍게 탁탁 두드려 표면을 평평하게 만든다. 표면이 경사지거나 산처럼 쌓이면 부풀어 오르던 거품도 무너지고 만다.

2.

끓인 물을 드립 포트로 옮겨 담는다. 커피를 내리기 알맞은 온도로 살짝 내려간다.

3.

'부드럽게 붓자.' 속으로 되뇌면서 1의 가루 중심에 2의 물을 가느다란 선처럼 흘려 내보낸다. 중심에서 바깥으로 원을 그리며 500원 동전 크기로 붓는다.

4.

원두가 신선할수록 거품이 크고 뭉실뭉실하게 부풀어 오른다. 물을 머금은 가루가 충분히 부풀어 오를 때까지 뜸 들인다. 이 뜸 들이기가 아주 중요하다.

5.

2차로 물을 붓는다. 부풀어 오른 거품 중심에 물을 아주 조금 부으면 한가운데만 색깔이 서서히 바뀌면서 향기가 피어오른다. 좋아하는 향이 나면 성공.

6.

3차 물 붓기에서는 중심에서 바깥을 향해 작은 원을 그리다가 다시 중심으로 돌아가 물을 훅 끌어 올려 멈춘다. '동작은 부드럽게, 물줄기는 가늘게'가 포인트다. 다 부풀면 아래로 주저앉으려고 하므로 바로 4차 물 붓기를 시작한다.

7.

중심에서 바깥을 향해 원을 작게 그리고, 다시 중심으로 돌아가서 물을 훅 끌어 올려 멈춘다. 이때, '훅'하고 끌어 올리는 게 포인트. 가장자리까지 물을 붓지 않아도 거품은 자연히 옆으로 퍼진다. 그저 커피가 기분 좋게 움직이는 모습을 즐기자.

8.

똑똑, 물방울이 떨어지는 것이 신호다. 상태를 보면서 부드럽게 소용돌이를 그리며 물을 부으면 '샤아앗' 하고 추출액이 흘러나가는 소리가 나는데, 그게 바로 다음 신호다. 물줄기를 굵게 만들면서 양을 점차 늘려간다. 중심부터 시작해서 세 번 정도 원을 그리다가 훅 올려 멈춘다. 부드럽게, 아주 부드럽게 천천히 반복한다.

9.

원하는 맛이 나올 양만큼 추출하면 드리퍼를 치운다. 아깝다고 계속 추출하면 모처럼 맛있게 내린 커피가 밍밍한 찌꺼기 맛으로 변한다.

각자 취향이 있으니 강요할 수는 없지만, 기왕이면 요리하는 것처럼 커피를 내리면 좋겠다. 육수를 너무 오래 우려내면 맛이 탁해지고, 거품을 제거하지 않으면 떫은맛이 남고, 케이크를 만들 때 섬세하게 거품을 내면 촉촉한 케이크로 완성되는 것처럼 말이다. 수고를 들이는 그 정성이 맛에 드러나게 되어 있다.

커피의 맛은 친구가 늘어나는 것과 같다.

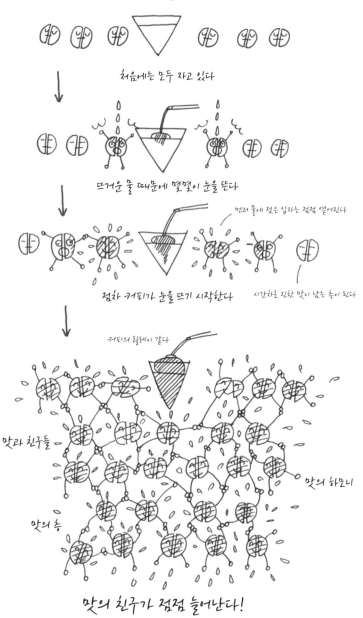

처음에는 모두 자고 있다

뜨거운 물 때문에 몇몇이 눈을 뜬다

먼저 물에 젖은 입자는 점점 떨어진다

점차 커피가 눈을 뜨기 시작한다

시간차로 진한 맛이 남는 층이 된다

커피의 롤레이 같다

맛과 친구들

맛의 하모니

맛의 층

맛의 친구가 점점 늘어난다!

기본 커피

나는 시티 로스트 원두를 사용하여 감칠맛이 나면서도 어쩐지 쑵쓸함이 끝에 감
도는 커피를 좋아한다. 그래서 그 맛을 목표로 커피를 내린다.

커피는 1인분이라면 30g, 2인분이라면 50g의 원두 가루를 사용한다. 원뿔형 드
리퍼에 원두 가루를 충분히 사용하여 내린 진한 맛을 좋아하기 때문에 항상 2인분
을 내린다. 맛있는 커피는 식어도 맛있다. 그러니 커피를 한 잔 더 마시겠다는 기
분으로 가루를 듬뿍 사용하여 내리면 요령을 터득하기 쉽다.

1. 중간 입자 크기로 분쇄한 가루를 종이 필터에 평평하게 넣는다. 가루 표면이 울퉁불퉁하면 부풀어 오르는 거품이 무너지고 만다.

2. 뜨거운 물을 가루 중심에 500원 동전 크기 정도로 부드럽게 붓는다. 가루가 몽실몽실 부풀어 오르기 시작한다. 충분히 부풀어 오를 때까지 기다려 뜸을 들인다.

3. 2차 물 붓기. 중심에서 바깥으로 원을 그리며 움직이고 다시 중심으로 되돌아가 물을 훅 끌어 올려 멈춘다. 거품이 주저앉기 전에 물을 붓고, 아래로 커피 추출액이 뚝뚝 떨어지면 다음 단계로 이동한다.

4. 추출액이 똑똑 방울로 떨어지다가 주르르 떨어지기 시작하면 물줄기를 굵게 하여
   붓는다. 중심에서 시작하여 다시 중심으로 돌아가는 것이 기본 움직임이다. 중심에
   원이 생기므로 거기에 덧대는 감각으로 내린다.

5. 커피는 스스로 부풀어 오르려 한다. 그 움직임을 잘 읽어내야 한다. 처음에 나온 진
   한 추출액을 자신이 원하는 농도로 희석하는 감각을 상상하면서.

6. 원하는 맛이 나올 양만큼만 추출하고 드리퍼를 치운다. 끝까지 내리지 않는다. 좋아
   하는 향이 나면 성공.

아이스 커피

아이스 커피를 만들 때 고민거리는 '갓 내린 뜨거운 커피에 얼음을 녹여 만들 것인
가', 아니면 '커피를 충분히 식힌 다음 얼음이 든 잔에 옮길 것인가' 선택하는 것이
다. 어떤 방법을 선택하느냐에 따라 커피를 내리는 법도 달라지기 때문에 중요한
고민이다. 전자의 경우, 얼음으로 커피의 농도가 엷어지므로 그 점을 고려하여 아
주 진하게 추출해야 한다. 그래야 좋은 향을 가진 진한 아이스 커피를 만들 수 있
다. 좀 더 묵직한 맛을 원하는 이에게는 후자의 방법을 추천한다.

부풀어오르게 커피 내리기

1. 원두는 기본 커피보다 더 잘게 갈고, 10g 정도 넉넉하게 준비한다.

2. 처음 물을 부을 때는 중심에서 드리퍼의 가장자리 5mm 부근까지 넓게 붓는다.

3. 약 1분 정도 뜸 들인 후, 2차 이후에는 물줄기를 가늘게 따른다. 6차 물 붓기부터 조금씩 추출액이 떨어질 정도로 차분히 내린다.

4. 추출액이 가늘게 선으로 이어져 떨어질 때까지 천천히 물을 붓는다. 초조해하지 말고 천천히.

5. 그 후에는 추출액을 리듬감 있게 떨어뜨리고 원하는 분량이 되면 드리퍼를 치운다.

6. 얼음이 담긴 잔에 옮기고, 얼음과 커피 추출액이 잘 어우러질 때까지 젓는다.

아이스 카페오레

나는 아이스 커피가 맛있게 내려지면 자연스레 아이스 카페오레를 떠올린다. 친구의 카페에 갔을 때 항상 마시는 카페오레는 우유와 커피가 선명하게 두 개의 층으로 나뉘어 있어 따라 만들어보고 싶은 동경의 메뉴였다. 그래서 레시피를 배워왔다.

또렷하게 층으로 갈라지는 아이스 카페오레를 만드는 포인트는 2번 과정이다. 잠시 시간을 들여 우유 위에 얼음이 녹아 생긴 막을 만들면 선명하게 층을 나눌 수 있다.

1. 얼음과 우유를 넣고 잘 섞는다.

2. 그대로 잠시 두어 얼음을 녹인다.

3. 얼음을 따라 아이스 커피를 천천히 붓는다.

커피 플로트

와니 씨가 만드는 커피 플로트는 특별하다. 커피 플로트는 커피, 아이스크림, 생크림 세 가지가 혼연일체 되어야 완성된다고 하는데, 이게 보통 어려운 일이 아니다. 커피와 얼음을 마구 섞으면 얼음 위에 아작아작한 층이 생기고 독특한 식감을 만들어낸다. 어찌 보면 디저트 같달까? 재료는 아이스 커피와 얼음, 검시럽, 생크림, 하겐다즈 아이스크림. '좀 달지 않으려나?' 느껴질 정도로 달게 만들어야 세 가지 재료가 어우러지는 천상의 맛을 맛볼 수 있다.

1. 아이스 커피에 얼음을 넣어 잘 식힌다.

2. 검시럽을 티스푼으로 3~4스푼 넣는다. '좀 달지 않을까?' 싶을 정도로 넣는다.

3. 아이스크림을 듬뿍 얹고 위에 생크림을 살살 흘린다. 표면에 뚜껑을 덮듯 만든다.

* '커피 플로트'는 유리컵에 커피를 붓고 얼음을 넣은 다음 아이스크림과 생크림을 얹은 커피를 말한다.

부드러운 카페오레

어떤 맛의 카페오레를 좋아하는가? 와니 씨는 실크처럼 매끄러운 카페오레를 좋아해서 따듯한 우유를 꼭 차 거름망에 걸러 사용한다. 차 거름망에 거르지 않은 우유와 비교하면 부드러움의 차이가 확연히 느껴지기 때문에 여러분도 꼭 시도해봤으면 좋겠다.

우리 집에선 감칠맛 나는 카페오레를 선호하므로 원두를 곱게 갈고 평소보다 천천히 내려서 커피의 농도를 진하게 한다. 우유는 끓지 않을 정도로 데운다. 자신의 취향에 맞게 카페오레를 만들어 즐기자.

카페오레를 맛있게 만드는 팁

카페오레는 원두 맛에 따라 완성도가 천차만별이다. 공정은 기본 커피(75쪽 참조)와 같지만 거기에 우유가 들어간다. 커피와 우유 비율에 정해진 것은 없으나 우리 집은 1:2 비율을 선호한다. 다만, 커피를 보통 때보다 훨씬 더 진하게 내리는 것이 좋다.

1. 페이퍼 드립으로 추출할 경우, 평소보다 커피밀에 원두를 10g 더 많이 넣고 취향에 맞추어 분쇄한다.

2. 커피 추출량은 80~100㎖. 제대로 추출액을 뽑아내기 위해 처음 물을 부을 때 드리퍼 가장자리에서 5mm 부근까지 넓게 붓는다.

3. 약 1분 정도 차분히 기다리며 뜸 들인다.

4. 2차 물 붓기부터는 평소보다 물줄기를 가늘게 한다. 아래로 추출액이 떨어지기 시작하는 시간을 되도록 늦춘다.

5. 천천히 리듬감 있게 물을 붓는다. 필요한 양만큼 추출하면 드리퍼를 치운다.

6. 매끄러운 목 넘김을 위해 따뜻한 우유를 차 거름망에 거른다.

7. 컵에 우유와 커피를 넣고 살짝 저으면 완성.

디저트? 커피 향을 맡으면 바로 알 수 있어!

디저트를 먹으면 행복해진다. 나는 1년 365일 매일 먹을 정도로 디 저트를 좋아한다. 그런 나에게 커피와 디저트의 조합을 상상하는 것 은 특별한 즐거움이다. 따로따로 먹어도 물론 맛있지만 함께 먹으면 새로운 맛을 발견할 수 있기 때문이다. 커피를 한 모금 마시고 디저 트를 한입 먹는다. 그리고 또 한 모금 커피를 마시면 행복하다는 것 이 어떤 감각인지 알 수 있다.

커피 향을 맡으면 알 수 있어

로스팅이 막바지에 접어들면 로스팅실은 달콤한 커피 향으로 가득 찬다. 커피 맛은 그날의 블렌드와 로스팅 레벨로 정해진다. 커피 향이 후각을 자극하면 마시지 않아도 '아, 오늘의 커피에 맞는 디저트는 이 케이크겠구나…'하고 머릿속에 케이크가 두둥실 떠오른다. 그리고 커피콩이 다 볶아졌을 즈음에는 명확히 머릿속에 그려지는 것이다. 오늘은 바로 이거야.

커피 향에 따라 화과자인지 과일인지, 딱 어울리는 디저트가 떠오른다. 로스팅이 끝나고 커피를 내려 한 모금 마시며 더욱 확신을 가지게 되면 그 디저트를 남몰래 오늘의 야식으로 사둔다. 그리고 그걸 와니 씨에게 맛보여 준다.

"뭐야, 오늘 케이크와 이 커피 억수로 잘 어울리는데이!"

"이 팥 앙금에 이 커피, 맛있데이!"

"이 식감과 이 커피, 제법이구로!"

그런 어설픈 간사이 사투리를 쓰면서, 어쩌다 산 케이크가 로스팅한 커피와 딱 맞아떨어지는 줄 아는 와니 씨를 볼 때마다 속으로 외친다. '애초에 커피에 맞는 디저트를 골라서 사니까 억수로 맛있는 건 당연한 거지!' 저, 커피와 어떤 디저트가 최고로 잘 어울리는지 찾아낼 자신이 억수로 충만하답니다. 이렇게 자신만만해하다가도 가끔 '좀 바보 같나?' 싶을 때도 있지만 그래도 높은 확률로 성공한다.

여기에는 나름대로 요령이 있다. 커피 향 속 당도라든가 미묘한 맛, 향을 분석한 다음 그에 걸맞다고 생각하는 디저트를 매치하는 것이다.

- 농후한 향에는 농후한 단맛이나 성질의 디저트를 매치한다.
- 견과류 맛이 느껴질 때는 치즈나 초콜릿 계열 디저트 중 선택한다.
- 벌꿀 같은 단맛을 느끼면 밀가루로 만든 폭신한 도넛이나 핫케이크를 선택한다.
- 살짝 텁텁한 감이 느껴진다면 촉촉한 케이크를.
- 프루티한 향이라면 과일이나 견과류를.
- 설탕과 간장을 섞은 듯한 달콤한 향이라면 무조건 화과자로.

　머릿속으로 그날의 커피와 디저트에 대해 생각한다. 커피 하나만 마시는 것보다, 또 디저트만 먹는 것보다 함께 먹으면 맛이 여러 층으로 부풀어 올라 풍부하게 즐길 수 있다.

　나는 디저트가 없으면 살아갈 수 없다. 세끼 밥과 디저트 중 하나만 먹을 수 있다는 갈림길이 펼쳐진다면 주저하지 않고 디저트의 길로 갈 것이다. 적어도 하루에 한 번은 디저트를 먹고 싶다. 365일 매일 즐기는 디저트에는 커피가 따라온다. 디저트와 커피, 이 두 개가 만들어내는 무한한 맛을 즐기지 않으면 인생의 낭비다. 그리고 '이 커피에는 이 디저트가 어울리겠지.'하고 생각한 조합이 실제로 잘 어울리면 웃음이 나온다. 즐거움은 좋은 맛과 겹치니까.

커피와 어울리는 디저트

1

2

3

4

5

6

7

8

1

〜〜〜〜〜〜〜〜〜〜〜〜〜〜〜

「장 폴 에방」
마르코 폴로

〜〜〜〜〜〜〜〜〜〜〜〜〜〜〜

초콜릿 디저트계의 황제. 한입 가득 베어 물면 여러 층으로 포개진 초콜릿과 재료의 조화를 맛볼 수 있다. 커피도 한 모금, 두 모금, 맛의 층을 포개가면서 마지막 한 방울까지 즐기고 싶다.

(온라인 부티크)
https://www.jph-japon.co.jp/
☎ 03-5291-9285

〜〜〜〜〜〜〜〜〜〜〜〜〜〜〜

2

〜〜〜〜〜〜〜〜〜〜〜〜〜〜〜

「프레데릭 카셀」
슈크림

〜〜〜〜〜〜〜〜〜〜〜〜〜〜〜

쓸데없는 미사여구는 필요 없다. 그냥 최고다. 슈크림의 왕이다. 크림과 바삭한 슈가 만나 슈크림이 된다. 너무 당연한 말이지만 한번 맛보면 무슨 뜻인지 알게 된다.

(긴자 미츠코시점)
도쿄도 주오구 긴자 4-6-16 B2F
☎ 03-3562-1111

〜〜〜〜〜〜〜〜〜〜〜〜〜〜〜

3

〜〜〜〜〜〜〜〜〜〜〜〜〜〜〜

「살롱 드 떼 안젤리나」
몽블랑

〜〜〜〜〜〜〜〜〜〜〜〜〜〜〜

이 몽블랑은 지금까지의 개념을 완전히 뒤집어엎었다. 농후한 마롱 페이스트 아래에는 생크림이 담뿍 들어있고, 입안에서 바스락하며 녹는 머랭은 이렇게 속삭인다. '아직 더 먹을 수 있어. 많이 먹으렴!' 정신을 차리면 그 말에 답하듯 맛있게 해치우는 내 모습이 보인다.

(프랭탕 긴자점)
도쿄도 주오구 긴자 3-2-1 본관 2F
☎ 03-3567-7871

〜〜〜〜〜〜〜〜〜〜〜〜〜〜〜

4

〜〜〜〜〜〜〜〜〜〜〜〜〜〜〜

「프레데릭 카셀」
밀푀유 바니유

〜〜〜〜〜〜〜〜〜〜〜〜〜〜〜

프랑스 파티시에 프레데릭 카셀 본인에게 전수받은 메뉴라고 한다. 파이는 729개의 층으로 구워냈으며 그걸 무려 세 장이나 포갰다. 타히티산 바닐라의 풍미가 도드라지는 커스터드 크림과 함께 먹으면 입안에서 밤하늘에 불꽃놀이라도 하는 듯한 감각이 펼쳐진다.

(긴자 미츠코시점)
도쿄도 주오구 긴자 4-6-16 B2F
☎ 03-3562-1111

〜〜〜〜〜〜〜〜〜〜〜〜〜〜〜

5

「긴자 베이커리」
카스텔라 비스킷 샌드 럼 레이즌

카스텔라와 비스킷의 중간적인 존재랄까? 생긴
것과 달리 가벼운 식감이라 직접 맛보면 깜짝 놀
란다. 허겁지겁 먹느라 커피를 곁들이는 것조차
잊을 수 있지만 커피와 기가 막히게 잘 어울리니
꼭 함께 즐기길. 차가운 커피와 함께하면 두 배로
맛있게 즐길 수 있다.

도쿄도 주오구 긴자 1-5-5
☎ 03-3538-0155

6

「NOAKE TOKYO 아사쿠사점」
캐러멜 바나누

제1회 부인회 모임 때 커피에 곁들여 먹은 추억
의 디저트. 바나나에 농후한 캐러멜을 잔뜩 얹은
촉촉한 케이크는 엄청난 맛깔스러움을 자랑한다.
제대로 즐기고 싶다면 케이크에 지지 않을 만큼
농후한 커피를 곁들이는 것이 좋다.

도쿄도 다이토구 아사쿠사 5-3-7
☎ 03-5849-4256

7

「임페리얼 호텔 가르강뤼아」
후르츠 케이크

커피와 후르츠 케이크는 워낙 유명한 조합이라
말할 것도 없지만, 이 후르츠 케이크는 좀 더 특별
하다. 양주를 반죽에 넣어 식감이 부드러우며 색
감은 섬세하면서 따스하다. 커피와 나란히 두면
황홀할 만큼 잘 어울린다. 클래식한 케이크에는
클래식하게 투명한 맛의 커피가 어울린다.

도쿄도 치요다구 우치사이와이초 1-1-1
임페리얼 호텔 도쿄 본관 1층
☎ 03-3539-8086

8

「긴자 센비키야」
긴자 애플쿠헨

사과와 시나몬은 궁합이 좋다. 시나몬과 커피도
만만치 않다. 이 세 가지를 함께 먹어보자. 잘 조
린 사과의 시럽이 눅진히 배어든 부드러운 케이
크의 식감과 씁쓸한 커피의 조합으로 상상 이상
의 풍미가 입안에 번진다. 그 놀라움을 여러분도
맛보길.

도쿄도 주오구 긴자 5-5-1
☎ 03-3572-0101

13

14

15

16

9

「시세이도 팔러 긴자 본점」
딸기 쇼트케이크

매끄러운 커피 향이 나면 딸기 쇼트케이크를 선택한다. 부드러움과 섬세함, 장인의 정성이 가득 응축된 맛과 아름다운 생김새가 어우러져 완벽하다. 한입 먹으면 오키나와산 혼와카당의 달콤함이 일본의 정취를 떠오르게 한다.

도쿄도 주오구 긴자 8-8-3
도쿄 긴자 시세이도 빌딩
☎ 03-3572-2147 (1F 매장)

10

「TORAYA CAFE 아오야마점」
팥과 카카오가 들어간 퐁당

팥 앙금과 초콜릿의 농후한 맛과 색다른 식감. 처음 먹었던 날을 지금도 잊을 수 없다. 유명한 요리연구가 나가오 토모코 씨가 직접 개발에 참여했다고 한다. 나의 베스트 디저트 목록 중 하나다. 팥 앙금을 싫어하는 사람도 맛있게 즐길 디저트이니 먹어보길.

도쿄도 미나토구 미나미아오야마 1초메 1-1
신아오야마 빌딩 서관 지하 1층
☎ 03-5414-0141

11

「미카게 타카스기」
쁘띠 마들렌

작은 사이즈라 좋다. 커피를 마시고 대화를 나누면서 작은 마들렌을 입에 쏙 넣는다. 크기는 조그마하지만 맛은 상상을 뛰어넘는 존재감을 품었다. 설탕과 우유로 맛을 더한 커피에 특히 잘 어울린다. 취향에 맞춘 커피와 함께 즐기자.

(미카게 본점)
효고현 고베시 히가시나다구 미카게 2-4-10, 101호
☎ 078-811-1234

12

「달로와요」
뺑 드 미와 콩피튀르

뭐야, 완전 부드러워. 부드러우면서 촉촉한 큐브 식빵을 5조각으로 두툼하게 썰어 토스트로 구우면 더욱 촉촉함이 도드라진다. 거기에 딸기와 라즈베리를 섞어 만든 콩피튀르를 듬뿍 얹으면 훌륭한 스위츠로 완성. 카페오레를 곁들여도 좋다.

(긴자 본점)
도쿄도 주오구 긴자 6-9-3
☎ 03-3289-8260

13

「유하임」
바움쿠헨

고베에 살 적 나의 즐거움은 「유하임」 본점을 방문해 공장에서 직송된 바움쿠헨을 아주 두껍게 썰어 테이크아웃 하는 일이었다. "제일 두껍게 썰어주세요." 용기를 내서 주문하면, 사치스러울 정도의 맛이 기다리고 있다.

(본점)
효고현 고베시 주오구 모토마치도리 1-4-13
☎ 078-333-6868

14

「찻집 츠키모리」
마에다 아저씨와의 약속 도넛

"내가 언젠가 가게를 갖게 되면 아저씨의 도넛을 꼭 가게에서 팔고 싶어요. 그래도 되죠?" 친구가 처음으로 그 도넛을 먹었을 때 감격에 겨워 말하자 마에다 아저씨는 이렇게 답했다고 한다. "가게가 생기면 그때 가서." 그 약속은 세월이 지나 친구의 찻집 「츠키모리」에서 이루어졌다. 꿈을 이룬 증표인 특별한 도넛.

효고현 고베시 나다구 야하라초 3-6-17
롯코 빌라 1의 B
☎ 078-861-1570

15

「노와 드 부르」
치즈 케이크

치즈 케이크에 커피를 곁들여 먹고 싶다. 그것도 아주 촉촉하면서 부드러운 것으로. 그럴 때는 이 케이크가 정석이다. 케이크 위에 생크림을 얹어 먹을 때마다 보드라운 맛이 증폭되어 커피마저 보드랍게 느껴진다. 끊을 수 없는 마성의 케이크.

도쿄도 신주쿠구 신주쿠 3-14-1
이세탄 신주쿠점 지하 1층
☎ 03-3352-1111

16

「리 포르」
파인애플 케이크

라오스 여행을 갔을 적 아주머니가 길가에서 파인애플 잼을 만들고 있었던 기억이 난다. 그래서인지 아시안 스타일의 커피를 마시고 싶을 때면 이 케이크를 고른다. 단순해 보이지만 속에 파인애플 덩어리가 들어가 있어 커피와 곁들이면 아시아의 풍미를 느낄 수 있다. 라오스의 정경이 눈앞에서 되살아나는 케이크.

도쿄도 신주쿠구 신주쿠 3-14-1
이세탄 신주쿠점 지하 1층
☎ 03-3352-1111

17

18

19

20

21

22

23

24

17

「토라야」
오구라 양갱 '밤의 매화'

우리 집에 항상 있는 디저트는 「토라야」에서 계절
별로 나오는 양갱. 특히 커피에는 꼭 오구라 양갱
(단면에 팥 알갱이가 박혀 있는 양갱) '밤의 매화'
를 곁들이고 싶다. 이 이름의 유래는 잘라낸 단면
의 팥 알갱이가 어둠 속에 희게 핀 매화꽃을 연상
시킨다고 해서 붙여졌다고 한다.

(주문 센터)
☎ 0120-45-4121
www.toraya-group.co.jp

18

「우메조노 아사쿠사 본점」
마메칸과 오구라 찹쌀 경단

호화롭다. 마메칸(한천, 완두콩, 흑설탕 시럽으로 만든
음식)과 오구라 찹쌀 경단을 함께 곁들여 먹다니.
일본식 디저트 파르페 같다. 농후한 흑설탕과 한
천, 입안에 계속 감도는 달콤한 팥소에 찹쌀 경단.
짭짤한 맛의 붉은 완두콩은 악센트를 준다. "이게
바로 서민적인 맛이지."라고 말하며 진한 커피와
먹는 순간이 즐겁다.

도쿄도 타이토구 아사쿠사 1-31-12
☎ 03-3841-7580

19

「아자부 쇼게츠도」
안미츠 양갱

보기만 해도 가슴이 뛴다. 경쾌한 맛이 몸 안에 전
류라도 흐르듯 훑고 지나간다. 한입 먹고 커피를
마시고, 또 한입 먹고 반복하다 보면 어느새 사라
져 있다. 그래서 남편과 함께 먹을 때는 고명까지
정확히 나누려 하다 항상 싸우게 된다. 어느 것을
먹고 싶은지 묻고 칼같이 나눈다.

도쿄도 미나토구 니시아자부 4-22-12
☎ 03-3407-0040

20

「바이린도」
만원성취(滿願成就)

붕어빵이 아니라 마들렌이라니! 안에는 팥소가
아니라 양갱이 들어있다니! 이 디저트의 매력은
먹기 전에는 짐작조차 할 수 없다. 사람에게도 외
모로 알 수 없는 매력이 있는 것처럼 말이다. 한입
사이즈의 행복은 깜짝 놀랄 정도로 커피와 잘 어
울린다.

사이타마현 쿠마가야시 하코다 6-6-15 하코다 본점
☎ 048-521-4651

디저트? 커피 향을 맡으면 바로 알 수 있어!

21

「야마다이치」
아베가와 모치

구운 떡을 더운물에 담갔다가 콩가루와 설탕을 묻힌 음식. 혼자서 한 줄을 다 먹어 치웠다. 한 줄에서 두 줄로, 몇 개만 더… 야금야금 먹다가 남편 몫으로는 두 개만 남았다. 한 번 먹기 시작하면 멈출 수 없다. 부드럽고 깔끔한 맛이 입안에 퍼진다.

시즈오카현 시즈오카시 스루가구 토로 5-15-13
☎ 054-287-2111

22

「카기젠 요시후사」
카기 모치

"화과자는 생각보다 진하고 또렷한 맛이 나. 함께 즐기려면 커피도 그에 맞춘 농도로 내리는 게 좋아." 평소 와니 씨가 자주 하는 말이다. 와니 씨가 좋아하는 카기 모치는 콩가루를 사용한 디저트라서 곁들일 커피는 특별히 진하게 내리고 있다.

교토부 교토시 히가시야마구
기온마치 키타가와 264
☎ 075-561-1818

23

「보우다이 혼포」
쿠리야마 낫토와
속껍질이 있는 쿠리야마 낫토

밤을 졸여 만든 화과자. 평소 마롱 글라세(밤을 설탕에 졸인 프랑스식 디저트)를 즐긴다면 이 디저트를 추천한다. 그 이상의 맛을 느낄 수 있다. 밤의 맛이 제대로 살아 있고 달콤함이 확 번진다. 속껍질이 있고 없고의 차이로도 맛이 다르다. 마치 리큐르처럼 커피를 맛보면서 잔뜩 입에 넣게 된다.

교토부 교토시 사쿄구 카와바타도리
니죠아가루 히가시이루 신폰토초 137
☎ 075-771-1871

24

「코시야마칸세이도」
카가 오색 생과자

처음 본 순간부터 설렜다. 에도 시대부터 가나자와 지역에 전해 내려오는 축하용 과자로 다섯 가지 색에는 각각 의미가 있다. 천지 만물인 해, 달, 산, 바다, 마을을 뜻하는데, 인생에 대한 기쁨이 담겨 있다. 이 디저트만큼은 일본 차를 즐기는 감각으로 커피를 맞춘다.

이시카와현 카나자와시 무사시마치 13-17
☎ 076-221-0336

「츠보야 총본점」
데세르

'데세르'는 Dessert의 프랑스식 발음으로, 프랑스 과자를 뜻한다. 메이지 시대부터 일본에서 만들어지는 프랑스 과자는 다양한 모양과 맛을 지녔다. 소박한 맛의 이 과자가 100년 전의 사람들부터 오늘날의 우리까지 매료시킨다. 과자 한 개에 커피 한 모금. 커피의 맛이 과자에 맞춰 매번 달라지기에 자꾸만 손이 간다.

도쿄도 분쿄구 혼고 3-42-8
☎ 03-3811-4645

「스페라」
모네

모네의 작품 '수련'이 연상되는 건과자. 개인적으로 가장 좋아하는 건과자다. 달콤하고 가벼운 맛, 입안에서 사르르 녹는 식감으로 한입 먹으면 등이 쫙 펴지고 눈이 번쩍 떠진다. 세련되고 고급스러운 풍미에 빠져든다.

교토부 교토시 히가시야마구
나와테도리 신바시아가루
니시가와 벤자이텐초 17 스페라 빌딩
☎ 075-532-1105

27

28

「후쿠사야 나가사키 본점」

홀란드 케이크

아이스 커피와 함께 마시고 싶은 케이크. 촉촉한 정통 카스텔라에 향기로운 양질의 코코아가 들어가고, 호두와 건포도로 악센트를 냈다. 재료들이 빚어내는 부드러운 맛은 커피와 겹쳐진다. 짙은 갈색의 두 음식이 자아내는 환상적인 순간을 차분히 즐기고 싶다.

나가사키현 나가사키시 후나다이쿠마치 3-1
☎ 095-821-2938

「마르멜로」

비스코티

우선 커피를 한 모금 마신다. 그다음 비스코티만 먹는다. 각각의 맛을 본 다음 비스코티를 커피에 충분히 적셔 크게 베어 문다. 서로의 맛이 공명하듯 어우러져 새로운 요리가 된다. 황홀한 맛을 느껴보시길.

효고현 고베시 주오구
모토마치도리 1-7-2 뉴 모토 빌딩 5F
☎ 078-381-6605

딸기 파르페 같은 커피

열아홉 살부터 스물다섯 살까지 몬젠나카초의 한 카페에서 아르바이트를 했다. 당시 카페 점장님이나 점장님 어머니의 심부름으로 자주 긴자에 물건을 사러 갔었는데, 그에 대한 보상은 매번 다르고 다양했다. 그중 내게 최고의 보상은 「시세이도 팔러」의 딸기 파르페였다. 내가 자주 다녔던 곳은 본점이 아니라 마츠야 긴자의 8층에 있던 지점이지만 안타깝게도 지금은 사라졌다.

나는 한 번 마음에 들면 뻔질나게 드나들며 같은 것을 계속 먹는다. 딸기 파르페 역시 예외는 아니라 스물다섯 살까지 자주 먹었다. '딸기 파르페=시세이도 팔러'라는 빼도 박도 못하는 굳건한 가치관이 생겼고 지금도 여전하다.

뭐가 그렇게 매력적이냐고? 밸런스가 좋다. 딸기가 너무 많아서 도드라지는 것도 아니고, 아이스크림이 유난히 튀지 않으며, 하물며 소스나 생크림도 마찬가지다. 사이즈도 적당하다. 딸기가 더 훌륭한 파르페도, 아이스크림이 더 뛰어난 파르페도 있다. 그래도 나는 「시세이도 팔러」의 딸기 파르페처럼 모든 재료가 적절하게 균형을 유지하는 음식을 본 적이 없다. 그리고 그런 균형 감각을 내 커피에도 그려나가고 싶다.

와니 케이크

"쿄코 씨, 케이크 구울 줄 알지?" 와니 씨가 말했다.

어릴 때부터 베이킹을 즐겨 해서 큰 문제는 없었지만 요구 사항이 하필이면 '와니 케이크'라니! '와니'라는 이름이 붙으니 평범한 케이크를 만드는 것과는 다르게 부담이 될 수밖에 없었다.

가나자와에서 열리는 행사에 '꼭 직접 만든 스위츠까지 세트로 부탁드립니다.'라는 조건이 있어 생겼던 에피소드다. 항상 신세를 지고 있던 사람의 제안이어서 와니 씨도 참가하고 싶은 마음이 컸고, 이미 이벤트 공지가 난 후라서 어쩔 수 없었다.

'와니 케이크'라고 하면 무엇을 상상할까? 많은 사람이 악어 모양을 가장 먼저 떠올릴 것 같다(와니는 일본어로 악어라는 뜻이다). 어떤 사람들은 악어 고기가 들어간 게 아니냐고 할지도 모른다. 어찌 됐든 악어를 상상할 게 분명하다. 그렇다면 커피와 함께 먹을 때 맛있으면서 동시에 악어가 관련되어야 하는 것이다. 내가 와니 씨의 커피에 맞는 케이크를 직접 만들 예정이니 그의 커피를 사용해서 후르츠 케이크를 구우면 어떨까 하는 생각이 들었다.

마음에 드는 후르츠 케이크 레시피를 와니 케이크로 새롭게 만들어 보았다. 가나자와에서 만들어진 커피술에 드라이 후르츠를 절이고, 밀가루의 분량을 줄여 그만큼 커피 가루를 넣는다. 진하게 추출한 커피로 카페오레를 만들어 우유 대신 사용한다.

다 만들어진 케이크를 와니 씨와 친구들에게 선보여 괜찮은지 소감을 물었다. "재미있다! 난생처음 맛보는 느낌이야. 맛있는 커피랑 잘 어울리겠는데." 맛있다는 이야기는 해도 정작 중요한 악어에 대한 이미지는 나오지 않았다. 큰일 났다 싶어 고민을 거듭하다 좋은 아이디어를 떠올렸다. 작은 악어 장식을 달았던 것이다. 아, 간신히 성공했다.

와니 케이크 레시피

도구

18×8×6cm 파운드케이크 틀 1개

재료

과일 양주 절임(믹스 후르츠) 150g
버터 80g
설탕 80g
달걀노른자 2개분
커피 리큐르 2큰술
카페오레 1큰술
달걀흰자 2개분
박력분 75g
곱게 간 커피 가루 25g
베이킹파우더 1/2작은술
코코아 파우더 1작은술
시나몬 파우더 1/2작은술
넛메그 파우더 약간
케이크 틀에 바를 버터, 밀가루 약간씩

사전 준비

- 박력분, 커피 가루, 베이킹파우더, 코코아 파우더, 시나몬 파우더, 넛메그 파우더를 섞고 3번 체 친다. 설탕은 1번 체 친다.
- 버터는 냉장고에서 꺼내 상온에 둔다.
- 케이크 틀 안에 버터를 얇게 바르고, 밀가루를 뿌려놓는다(오븐 시트도 OK).
- 오븐은 140~150도로 예열한다.

만드는 법

1. 볼에 버터를 넣고 거품기로 가볍게 섞는다. 설탕 60g을 2~3회에 나누어 넣어 하얗게 될 때까지 제대로 섞는다. 공기를 충분히 머금게 하는 것이 중요하다.

2. 1에 달걀노른자를 넣어 섞은 다음 커피 리큐르와 카페오레를 더해 섞는다. 여기에 과일 양주 절임을 사전준비에서 만들어둔 가루류 2큰술에 묻혀 넣는다.

3. 다른 볼에 달걀흰자를 넣어 섞고, 거품이 균일해지면 남은 설탕을 3~4회 나누어 넣고 더욱 강하게 섞어 탄탄하면서도 윤기가 나는 머랭을 만든다.

4. 2에 3의 머랭을 절반 넣고 나무 주걱으로 잘 섞는다. 사전준비에서 만들어둔 가루류 남은 양을 넣고 자르듯이 섞는다(반죽하지 않는다). 남은 머랭을 넣어 윤기가 날 때까지 섞는다.

5. 케이크 틀에 4를 흘려 넣고 표면을 평평하게 만든다.

6. 예열한 오븐에서 1시간 정도 굽는다. 오븐에서 꺼내 2~3분 놔두었다가 틀에서 꺼내 망 위에 올려 식힌다.

과일과 어울리는 커피

"과일에 커피가 어울리나요?"라는 질문을 자주 받는다. 이야기를 나누다 보면 "생과일과 건과일 중 어느 것이 더 좋을까요? 맛은?"하고 세세한 내용까지 파고들게 된다. 디저트와 커피의 조합이라면 상대방에게 전하기 쉽지만, 과일(특히 신선한 생과일)은 매우 구체적인 예시를 들어야 한다. 듣는 사람도 먹었을 때의 느낌이나 왜 그 조합이 잘 어울리는지 상상하는 노력이 필요하다.

우리 집 커피는 과일과 잘 어울린다. 채소와도 어울린다. 단맛이 강한 채소는 특히 잘 어울리고, 본래 진한 단맛을 가지고 있는 과일은 더더욱 환상의 조합을 자랑한다. 깔끔한 맛의 커피보다는 감칠맛 있는 커피가 신선한 생과일과 궁합이 좋다. 내가 특히 좋아하는 건 바나나인데, 촉촉하고 찰진 과육에 커피를 곁들여 먹으면 "아, 행복해."라는 소리가 절로 나온다. 바나나의 단맛이 커피 풍미에 신선함을 더해주는 것 같다.

기본적으로 초콜릿과 어울린다 싶은 과일은 대부분 커피와도 어울린다. 오렌지를 예로 들어보자. 산뜻한 맛의 오렌지에 쌉싸름한 카카오는 그야말로 최고의 짝꿍이 아닌가. 쌉쌀함은 단맛과 어우러지면 더 맛있다. 또는, 커피에 초콜릿 맛이 난다면 과일과 꼭 곁들여서 먹어보길 바란다. 새로운 발견과 놀라움이 그곳에 있을 것이다.

+ 알싸한 맛이 있는 커피는 과일과 어울리지 않는다. 떨떠름한 과일이 맛있지 않은 것과 같은 이유다.

커피는 MSG, 연두, 다시다

동남아시아 여행을 계기로 커피를 조미료로 써봐야겠다는 생각이 들었다. 동남아시아에서는 식사와 달콤한 커피를 함께 즐기는데 그 모습이 퍽 좋아보였기 때문이다. 우리 집 조미료 목록인 설탕, 소금, 식초, 간장, 된장에 커피를 추가했다. 어떤 요리에나 자유자재로 쓸 수 있는 건 아니지만 독특한 맛이나 잡냄새를 제거할 때 술 대신 사용하면 좋다. 이것저것 해보면 요리를 하는 것도, 그걸 먹는 것도 즐거워진다.

식어도 맛있는 커피로

'식어도 맛있는 커피가 좋은 커피다.' 이 말에 부응하는 커피를 만들도록 노력해 왔다. 어깨 힘을 빼고, 부풀어 오르는 거품을 보며 커피를 내리다 보니 자연스레 식어도 맛있는 커피를 만들 수 있게 되었다. 갓 내린 커피가 맛있는 건 당연하다. 진짜 맛있는 커피는 식어도 맛있는 커피다.

중화요리점에 갔을 때, 주방에서 요리사가 작은 잼 병에 물을 넣어 마시는 걸 본 적이 있다. 뚜껑을 열었다 닫았다 하며 마시는 모습이 보기 좋았다. 그걸 흉내 내 서 남은 커피를 병에 넣으니 조미료처럼 보여서 장난삼아 요리에 살짝 넣어보았다. '우리 집 요리 비결은 커피'라니. 어쩜, 좀 유니크하다.

커피를 넣어 스튜처럼, 소고기 감자조림

앞서 말한 '식어도 맛있는 커피'를 입에 머금고 요리와 어울리는지 맛을 상상해본다. 내가 너무 요리와 커피 이야기를 자주 해서일까? 친구가 "소고기 감자조림에 넣어보는 건 어때?"하고 제안했다. 그러고 보니 와니 씨가 농후한 커피를 로스팅할 때 달달한 간장 향이 날 때가 있는데, 그럴 때마다 일본식 요리에 어울리겠다고 생각하곤 했다.

바로 실험해 보았다. 달고 포근포근한 소고기 감자조림에는 '숨은 맛 정도'가 딱 알맞았다. 들뜬 마음으로 와니 씨에게 맛보여 주었다. "은근 스튜 같은 느낌인데?" 소고기 감자조림 스튜? 그게 뭐야.

간을 볼 때는 몰랐지만 밥이랑 먹으니 일본식 식사인데도 어쩐지 약간 양식 풍미가 느껴진다. 커피로 즐기는 퓨전 음식을 만들어낸 걸지도 모른다.

소고기 감자조림 레시피

재료(2인분)

소고기(잘게 썬 것) 200g
감자(큰 것) 3개
당근 1/2개
양파(큰 것) 1개
물 200㎖
간장 2와 1/2큰술
설탕 2큰술
커피 3작은술

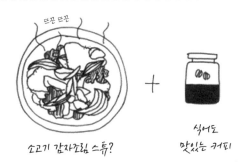

뜨끈 뜨끈

소고기 감자조림 스튜?

식어도
맛있는 커피

만드는 법

1. 냄비에 기름을 넣고 달군다.

2. 연기가 피어오르면 소고기를 넣고 볶는다.

3. 소고기가 갈색으로 잘 익으면 감자와 당근을 넣는다.

4. 채소가 살짝 익을 때까지 섞어가며 볶는다.

5. 양파를 골고루 뿌려 마치 뚜껑처럼 덮는다.

6. 재료가 잠길 정도로 물을 넣는다.

7. 간장과 설탕을 넣고 냄비 뚜껑을 덮어 보글보글 끓인다.

8. 떫은맛을 없애기 위해 거품을 자주 떠낸 다음 커피를 넣는다(많이 넣을수록 커피 맛이 난다).

9. 국물이 졸면 맛을 보면서 간장, 설탕, 커피로 간을 맞춘다.

10. 국물이 없어질 때까지 조린다.

11. 완두콩을 넣으면 더 좋다. 소금을 넣은 뜨거운 물에 살짝 데쳤다가 냉수로 식힌 다음 비스듬히 썰어 넣어 색감을 살린다.

12. 접시 위에 담으면 완성.

커피를 넣어야 맛있는 고등어 된장조림

와니 씨는 등 푸른 생선의 비린내를 별로 좋아하지 않는다. 하지만 나는 고등어를 아주 좋아해서 저녁 밥상에 자주 올리는데, 그때마다 와니 씨는 얼굴에 '당신은 참 고등어를 좋아한단 말이야.'라는 속마음을 그대로 드러내며 표정을 구긴다.

커피를 넣으면 뭔가 달라질지도 모른다는 생각이 들어 실험해보았고 결과는 대성공이었다! 고등어의 강한 비린내를 싫어하는 사람에게 특히 추천한다. 술과 마찬가지로 숨은 맛을 낼 정도로 조금만 커피를 넣는다. 커피 맛은 거의 나지 않지만 고등어 된장조림에 쌉쌀한 감칠맛이 더해진다. 혀 위에 은근히 남는 쓴맛도 잘 어울린다.

"또 고등어야?" 와니 씨가 뚱해졌다. "일단 먹어나 봐!" 기대에 찬 얼굴로 권하는 나를 보고 황당해한다. "혹시 커피 넣었어?" 어처구니없어하면서도 관심이 가는지 한입 먹어본다. 평소에는 그렇게 찡그려지던 얼굴이 활짝 펴진다. "이거 맛있다!" 평소 와니 씨는 마지못해 먹었는데… 좋아하는 모습에 나도 모르게 마음이 들썩였다.

"된장조림의 감칠맛을 커피가 제대로 잡아주네. 비린내도 적고, 이거 진짜 괜찮다. 요리에 커피를 쓸 거면 '누구나 만들 수 있어서 공감할 수 있는' 조미료로 개발해야 의미가 있으니까 열심히 해봐." 뜻밖의 격려를 받은 덕분에 더욱 실험에 열심히 임하게 될 것 같다.

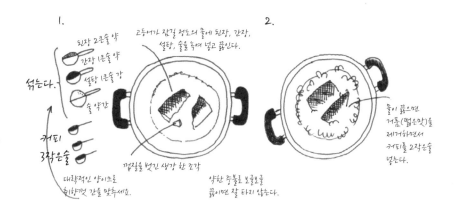

1.

된장 2큰술 약
간장 1큰술 약
설탕 1큰술 강
술 약간
섞는다.

커피
3작은술

대략적인 양이므로
취향껏 간을 맞추세요.

고등어가 잠길 정도의 물에 된장, 간장, 설탕, 술을 녹여 넣고 끓인다.

껍질을 벗긴 생강 한 조각

약한 중불로 보글보글 끓이면 잘 타지 않는다.

2.

물이 끓으면 거품(떫은맛)을 제거하면서 커피를 2작은술 넣는다.

3.

알루미늄 포일로 뚜껑처럼 덮어 보글보글 끓여준다.

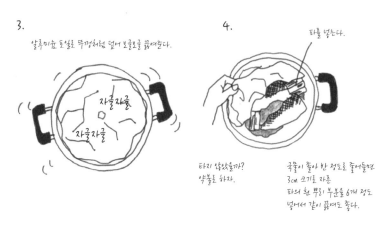

자글자글

자글자글

타지 않았을까?
약불로 하자.

4.

파를 넣는다.

국물이 졸아 반 정도로 줄어들면 3cm 크기로 자른 파의 흰 뿌리 부분을 6개 정도 넣어서 같이 끓여도 좋다.

5.

보글보글

보글보글

국물이 더 졸아들면 마무리로 미림처럼 커피를 1작은술 넣는다.

6.

국물이 거의 없어지면 완성.
가늘게 채 썬 생강을 곁들여서 먹는다.

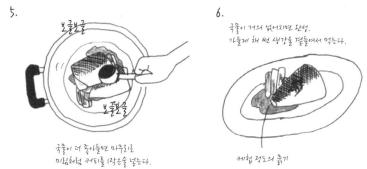

케첩 정도의 묽기

카레라이스에도 듬뿍

나는 밀가루를 사용해서 카레를 만든다. 루(버터와 밀가루를 가열하여 만드는 소스의 재료)를 사용하면 카레 가루나 조미료로 맛을 쉽게 조절할 수 있어 내 입맛대로 만들 수 있고 간편하다. 어쩐지 그립고 따듯한 맛도 난다.

버터로 양파와 마늘, 생강을 볶는다. 황금빛이 될 때까지 볶을 필요는 없고 살짝 뭉글해질 정도면 된다. 거기에 밀가루를 넣어 섞는다. 밀가루와 재료가 섞여 루가 되면 좋아하는 브랜드의 카레 가루를 넣는다. 물을 조금씩 추가하면서 밀가루가 덩어리지지 않도록 살살 원을 그리듯 섞는다. 마치 커피를 내리는 것과 같은 감각이다. 다른 냄비에는 당근, 감자, 고기를 볶아둔다. 루가 적당한 묽기로 변하면 볶아둔 재료를 넣고 물을 더한 다음, 고형 카레를 넣고 보글보글 끓인다.

여기에 커피 한 잔을 과감하게 붓는다! 잘 끓여서 원하는 묽기가 될 때까지 졸이고, 마무리로 우유나 간장, 우스터소스 등을 넣어 감칠맛을 살짝 가미한다. 소금이나 후추를 뿌려도 좋다.

늦은 오후부터 시작해서 저녁시간 전까지 만들면 딱 내가 좋아하는 묽기로 만들어진다. 만드는 데 그리 큰 수고는 들지 않지만, 원하는 묽기까지 되려면 시간을 들여야 한다. 카레와 커피, 두 가지 모두 정성을 들이되 어깨에 힘을 빼고 즐겁게 만드는 것이 중요하다.

저녁 식사 시간, 와니 씨가 중얼거린다. "커피 들어간 요리는 이제 좀 그만하지?" 평범한 카레를 만들라는 뜻이겠지. 그러거나 말거나 커피 요리 실험은 계속된다.

와니 카레라이스

와니 씨가 만드는 카레는 항상 정해져 있다. 반드시 두 종류의 루를 절반씩 섞는다. 채소는 큼직해야 하고 '엄마가 만드는 카레 같은 정석' 스타일을 고집한다. "누구나 쉽게, 간편하게 만들 수 있는 그런 건 카레가 아니야!"라며 내가 만드는 카레를 싫어한다. 엄마가 만드는 것 같은 정석 스타일의 카레가 맛있다는 건 인정하지만, 내 카레에도 나름대로 추억의 맛이 느껴지는데…

가끔 와니 씨가 식사를 차려주기도 한다. 메뉴는 카레나 바지락과 아스파라거스, 쑥갓이 들어간 바질 파스타다. 말이 차려주는 것이지 사전 준비도 뒷정리도 결국 내가 하기 때문에 와니 씨는 요리의 제일 재미있는 부분만 즐기는 느낌이다. 옛날에는 요리를 잘했다고 자랑하지만, 처음 요리를 해주었을 때는 솔직히 정말 맛없었다. "어딜 봐서 요리를 잘한다는 거야." 내 신랄한 평은 나도 모르게 섬세한 와니 씨의 마음을 뚝 부러뜨리기도 했다. 뭐, 지금은 맛있게 잘 만들어준다(여전히 사전 준비와 뒷정리는 내가 함).

오늘은 그 카레에 한 컵 가득 커피를 넣고 끓였다. 만든 날보다 다음 날이 더 부드러운 맛과 커피의 감칠맛이 제대로 느껴진다.

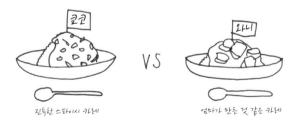

진득한 스타일시 카레   VS   엄마가 만든 것 같은 카레

실패는 성공의 어머니, 함버그 스테이크

빵가루 대신 커피 가루? 이거 굉장한 아이디어인데? 잔뜩 흥에 겨워 실험을 시작했다. 그래도 그렇지 전부 커피로만 때울 수는 없기에 빵가루도 넣어야겠다 싶어 식빵을 잘게 찢었다. 다진 양파를 볶고, 다진 고기, 우유에 적신 빵가루에 소금, 후추, 넛메그도 넣었다.

자, 여기서부터. 커피 가루를 10g 정도 뿌려 넣어 잘 반죽한다. "어쩐지 평소보다 더 잘될 것 같은데?" 싱글벙글 웃으며 굽기 시작한다. 사건은 분명 그때부터 시작되었던 것 같다. 아니, 그보다 '스테이크에 커피 가루를 넣는다.'는 발상을 한 내 잘못이다. 결과부터 말하자면, 완전 망했다.

굽는 동시에 고깃덩어리가 예상보다 훨씬 심하게 부풀어 올랐다. 원래 열을 가한 만큼 좀 부풀긴 하는데, 이건 부풀어도 너무 부풀었다. 외관도 꽤 예쁘장했는데 붉은색이었던 고기가 갈색으로 변하면서 커피 가루가 새카맣게 탄 모습이 눈에 들어왔다. "이건 굵게 간 후춧가루야, 후춧가루라고…" 중얼거리면서 스스로 다독였다. 이제 다 구워졌을 즈음인데 아무리 시간이 흘러도 제대로 익지 않았다. 무엇보다 육즙이 나오지 않았다. 스테이크 만드는 데 원래 이렇게 시간이 걸렸나 싶을 정도로 시간을 들여 겨우 구웠다. 스테이크 본체를 다 가릴 정도로 소스를 듬뿍 뿌려 저녁 식사 반찬으로 내놓았지만 죄책감이 들었다.

"잘 먹겠습니다!"
환하게 웃던 남편의 얼굴이 한입 먹자마자 굳었다. 그리고 투덜댄다.
"어, 아무 맛도 안 나. 혹시 간을 안 했어? 그럼 안 되지."
"아니, 제대로 간 했는데."

"소금이랑 후추를 뺀 거 아니야? 넛메그는? 너무 적었다든가?"

"넣었어…"

대체 어떻게 된 일이냐며 하도 따지길래 털어놓았다. '그래도 내가 댁보다는 요리를 잘하거든?' 속으로 불평하면서 한입 먹은 순간 등골을 타고 식은땀이 흘렀다. 정말 맛이 하나도 안 났다. 희미하게 싱거운 커피 맛 같은 게 나긴 했지만 고기나 소금, 후추, 개성 넘치는 넛메그마저 그 존재감을 감추고 말았다.

그러고 보니 커피에는 탈취제 효과도 있다는 사실이 생각났다. 또 맛있는 성분이 다 빠져나간 커피 찌꺼기가 맛있을 리 없다는 생각이 들었다. "미안, 커피 가루 넣었거든." 얌전히 실토했다. "그냥 액체를 넣지 그랬어?" 다정한 건지 다정하지 않은 건지 알 수 없는 말투로 말한다. 그래, 그의 말대로 액체로 넣었다면 고기의 잡내를 깔끔하게 잡아주었을 것 같다.

앞으로는 숨겨진 맛을 내기 위해서 액체로 사용해야겠다고 생각했다.

치익 치익 치익

아무 맛도 안 나는 햄버그 스테이크

와니 코멘트 ●●●○○

스테이크 자체가 아니라 스테이크에 뿌리는 데미글라스 소스에 넣으면 괜찮지 않았을까? 소스의 맛을 말끔하게 잡아주는 식으로.

커피 오믈렛

어린 시절, 채 썬 채소와 다진 고기가 들어간 오믈렛을 참 좋아했다. 감싸고 있는 달걀지단에 젓가락을 쿡 찔러 넣으면 신기할 정도로 잘게 썰어낸 속 재료들이 있었다. '와, 어떻게 이렇게 썰었지?'하면서 먹다보니 맛있어졌고, 아무리 먹어도 살이 찌지 않는 것 같아 즐겨 먹게 되었다.

바로 거기에 커피를 추가했다. "맛이 어때?" 와니 씨에게 물어보니 "맛은 있는데 좀 탄 것 같아."라는 대답이 돌아왔다. 예리하군. 커피를 너무 많이 넣어서 수분이 날아가지 않아 보통 때보다 너무 볶아서 탄 것일까? 채소의 식감이 포인트인데.

오믈렛 레시피

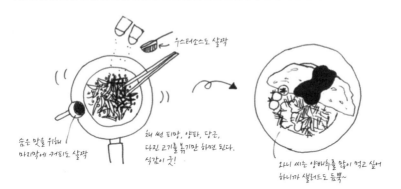

우스터소스도 살짝

숨은 맛을 위해
마지막에 커피도 살짝

채 썬 피망, 양파, 당근,
다진 고기를 볶기만 하면 된다.
식감이 굿!

와니 씨는 양배추를 많이 먹고 싶어
하니까 샐러드도 듬뿍~

재료(2인분)

달걀 2개
다진 소고기 100~150g(취향껏)
양파 1/2개
당근 1/2개
피망 2개
커피 1~2큰술
소금 및 후추 약간
식용유 약간
우스터소스 약간
케첩 적당량

만드는 법

1. 양파와 당근 껍질을 벗기고 잘게 채 썬다. 피망은 꼭지를 따내고 채 썬다.

2. 달걀지단은 얇게 부친다. 달걀 1개에 1장씩 2장 부치고 소금을 약간 넣어 간을 맞춘다. 만들어서 접시에 덜어둔다.

3. 프라이팬에 식용유를 둘러 달구고 다진 소고기를 볶는다. 고슬고슬해지도록 자주 섞어준다. 고기가 갈색으로 잘 익으면 양파를 넣고 가볍게 섞는다.

4. 당근과 피망을 넣고 소금과 후추를 더해 볶는다. 약간 숨이 죽으면 커피를 조금 넣는다. 너무 많이 넣으면 쓴맛이 강해지고 채소의 아삭함이 사라지므로 적당히 넣는다. 마지막으로 우스터소스를 뿌린다.

5. 다 완성된 속 재료를 달걀지단에 얹고 돌돌 말아준다. 샐러드를 곁들이면 완성. 케첩은 취향껏 뿌린다.

맛있는 커피를 마실 수 있다면 어디라도

커피를 생각하며 바람 부는 대로, 마음 가는 대로 20년의 여행을 해온 와니 씨. 여행 도중에 새로운 단짝이 생겼고, 커피의 길도 계속 이어지고 있다. 여행지에서 만나는 사람과 커피는 그에게 있어 인생의 양식이다. 매일 마시는 커피를 좀 더 즐겁게 즐기고, 더 좋아하게 되는 힌트를 새로이 만나는 이들에게서 얻는다. 커피가 가져다주는 세계는 따듯해서 모두가 활짝 웃고 있다.

요구르트 커피

와니 씨에게 베트남 여행의 목적은 '현지 사람들의 커피 즐기는 법'을 몸으로 느끼는 것이다. 나는 책에서만 봤던 요구르트 커피와 에그 커피를 마시고 싶었다. 어디서 마실 수 있으려나 찾아다닐 필요도 없이 금방 요구르트 커피를 발견할 수 있었다.

쿄코 : Yogurt coffee, Please!

금방 나온 커피에 신이 났다.

와니 : 어, 그거 마시려고?

쿄코 : 이걸 마시려고 베트남에 왔는걸.

와니 : 잘 마시네. 난 그냥 평범한 커피로 마실래.

정신 나간 사람이라도 보는 듯한 얼굴이다. 신경 쓰지 않고 마시다가 깜짝 놀랐다.

쿄코 : 와, 맛있어!

와니 : 그렇게 맛있어?

눈을 가늘게 뜨며 의심하기에 한번 마셔보라고 눈짓을 주니 잽싸게 마신다. "오, 이거 맛있네?" 마치 자신이 발견한 것처럼 자랑스럽게 말한다. 그 이후로 가는 가게마다 요구르트 커피가 있으면 "마시지 그래?" 하고 권한다. "난 평범한 커피면 되니까."

대체 요구르트 커피를 몇 잔이나 마셨을까? 문득 깨달았다. 평범한 유리잔 안에 달콤한 카페오레와 가당 요구르트가 들어있을 뿐이라는 걸. 그래. 유리잔에 요구르트를 넣고 아이스 카페오레를 콸콸 붓기만 했는데! 그걸 알아차리고 나니 웃

음만 나왔다. 덧붙여 숨겨진 맛을 내는 재료는 연유였다. 돌아가면 꼭 따라 만들어

봐야지.

요구르트
커피 레시피

1. 아이스 카페오레를 만든다(80쪽 참조).

2. 1에 연유를 듬뿍 넣어 잘 섞는다.

3. 유리잔에 요구르트(가당)를 넣는다.

4. 3에 2를 콸콸 붓는다.

와니 코멘트 ●●●●●●

요구르트 커피는 약배전으로 커피의 산미를 살린 카페오레를 만들면 비슷한 맛으로 만
들 수 있을 것 같아. 우유에 산미를 가하든가, 커피에 산미를 가하든가, 아무튼 톡 쏘는
신맛이 있으면 돼. 그리고 반드시 연유를 넣을 것. 요구르트 커피는 달콤함이 없으면 완
성되지 않아. 이번 기회에 연유의 넓은 활용 범위를 알게 되었네.

커피 꽃

친구들과 라오스의 큰 폭포를 보러 갔을 때, 와니 씨가 땅바닥에 떨어진 꽃을 집어 내 손바닥 위에 올려놓았다.

"이게 커피 꽃이야."

위를 올려다보니 태어나서 한 번도 보지 못했던 흰 꽃들이 잔뜩 피어 있었다. 이 꽃이 바로 커피의 근간이구나. 꽃에서는 흙과 꿀 내음이 났다. 산길에는 야생으로 서식하는 커피의 원종이 이곳저곳에서 열매를 맺고 있었다. 그 광경을 누구도 특별히 여기지 않는 분위기에 조금 놀랐다. 역시 커피를 재배하는 나라는 다르구나.

꽃은 시간이 지나면 열매로 변하고, 열매는 녹색에서 점점 불그스름하게 익어간다. 그 씨앗을 사용하여 세계 곳곳의 로스터들이 커피를 만든다. 우리가 매일 별생각 없이 마시는 갈색 액체는 사람이 그 작물을 조리하여 음료로 바꾸는 것이다.

더운 나라에서 선명한 색으로 무성하게 자라나는 식물들. 그 식물들에게 풍겨나오는 달달한 꿀 내음. 새의 울음소리. 그야말로 화조풍월(花鳥風月)의 정취다. 그리고 갑자기 우수수 쏟아지는 스콜. 생명력으로 흘러넘치는 이 나라의 국토는 열매가 맺히는 풍요로운 땅이기에, 이곳에 사는 사람들에게서도 활기가 느껴진다. 그 활기가 커피의 맛에도 배어 나온다.

커피를 한 번 마실 때마다 커피 꽃을 떠올려보길 바란다. 그 음료에서 맛볼 수 있는 풍토는 화려하고 풍성한 색일 것이다.

즐겁게 커피를 마셨다

베트남 여행을 떠나던 날, 일반적인 베트남 커피(여러분이 아시는 연유를 넣은 컵 위에 스테인레스 드리퍼를 얹어 내린 그 커피)에 대해선 알고 있었지만 첫 베트남행이기에 선입견을 버리고 '사람 사는 곳, 맛없는 건 없다.'를 신조로 삼아 큰 기대를 품고 비행기에 올랐다.

처음으로 간 곳은 타랏. 원산지이니 맛있는 커피를 얼마나 많이 만날 수 있을지 그것만으로도 가슴이 두근거렸다. 다음은 하노이.

결론부터 말하자면 일본의 커피보다는 거의 다 맛있었고, 커피를 내리는 방법도 완전히 달랐다. 추출 시간은 훨씬 더 느긋하고 길다. 서비스가 좋은 가게라면 커피잔이 따뜻한 물에 담겨서 나오고, 충분한 시간을 들여 추출한다. 커피콩도 더 좋은 등급을 사용하고 있겠구나 하고 어림잡아 상상하게 만들 정도였다.

아무튼, 베트남은 카페라든지 커피를 마실 수 있는 곳이 이곳저곳 많아서, '덥다, 좀 쉬어야겠어.'라는 마음이 들 때마다 커피를 마시다 보니 한 가지 내 나름의 즐거움을 발견하게 되었다. 그건 바로 연유를 녹이는 정도. 느긋하게 조금씩 커피에 배어들게 하다가 너무 달게 변하기 직전에 딱 멈추면 커피의 수준이 한층 더 올라가는 듯 고급스러움을 맛볼 수 있다. 물론 어디든 다 그렇다는 건 아니다. 내 마음에 드는 곳은 그랬다는 것이지. 게다가 이번에 묵은 호텔의 커피는 꽤 맛있어서 잠들기 전에 마시는 술처럼 자기 전에 커피를 마실 수 있어서 참 멋진 여행이었다.

그 모든 것을 일본으로 들여온다고 하더라도 그저 형식만 있을 뿐 즐기는 본질은 같이 따라오지 않을 것이다. 현지에서의 고양감을 제외하고 생각해도 마찬가지다. 뭐가 문제인 걸까.

베트남 여행 이야기

여행지에서 먹는 케이크는 언제나 모험이다. 정말 생긴 그대로의 맛!

하노이에서 마신 카푸치노. 몽실몽실한 우유거품이 좋다.

숙소에서 마시기 위해 원두를 갈아달라고 했다. 밀이 고장 나서 한바탕 난리였다(웃음).

디저트 같은 요구르트 커피. 디저트를 먹는 기분으로 마신다.

달랏은 장미 생산지로 유명하다. 시장 곳곳에 장미가 있다.

아무리 더워도 녹지 않는 크림. 귀엽긴 한데…

시내의 원두를 파는 가게.
어떤 걸로 할지 대화 중.

베트남산 커피를 직접 내려 본
다. 로부스타 원두의 풍미가 참
좋다.

영수증 뒤에 그린 일러스트.
추억을 그렸다.

말은 통하지 않더라도 그림으로
대화할 수 있다.

달랏에 있는 호텔에서 마신 따
듯한 카페오레. 특별한 기분이
든다.

화려하게 빛나는 네온이 눈부신
카페.

라오스 여행 이야기

팍세 공항에서.
와니 씨는 이곳 커피를 좋아한다.

팍세의 밤이 가까워지는 순간.

라오스의 꽃.
매우 선명하고 아름답다.

비엔티엔의 밤은 꼭 카페오레로
마무리.

시장 아주머니가 만든 커피는 정
말 맛있었다!

파인애플로 변신! 친해진 여자아
이와 사진 한 장 찰칵.

좋은 품질의 로부스타 원두.
내가 제일 좋아하는 맛이다.

커피 꽃.
생명력으로 넘치는 것 같다.

빨려들 것만 같은 깊고 깊은 폭
포. 거대한 원뿔형 드리퍼 같다
(웃음)

또 만났다.
아무리 더워도 녹지 않는 크림.

'톰 소여의 모험' 기분으로 땅바
닥에 그림을 그려보는 시간.

마무리하며

로스터의 생각

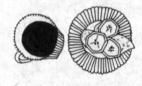

와니 마크의 제작자, 네오토 키코

키코는 이 일을 시작했을 때, 악어 모양의 와니 로고를 그려준 사람이다. 그림 학교를 같이 다녔던 동급생이지만 거의 10년 정도는 만나지 못했다. 이렇게 대화를 하는 것도 참 오래간만이다. 전화를 할 건데 제대로 말이나 할 수 있으려나? 여행을 다녀오고 나서 계속 내 마음속을 지배하던 생각이 있어서, 그 이야기를 하려고 마음먹었다.

> 커피를 통해 다른 사람과 만나. 커피를 좋아하기 때문에 좋아하는 것과 함께 시간을 보내는 일은 마냥 즐거워. 다만 로스팅이라는 생업을 20년이나 넘게 하다 보니, 주변의 풍경도 변하고 어쩐지 답답하다는 위화감이 내 가슴 속에서 자꾸만 솟구치네. '이 마음은 뭘까.'라는 생각만 하면서 세월은 자꾸만 흘러가니 진저리가 났었어.
>
> 라오스 사람들의 활기. 점점 변화하는 도시. 남녀 차별도 없는 평화로운 생활. 4년 연속으로 가고 있는 라오스의 수도, 비엔티엔의 거리도 급속하게 변하면서 특유의 풍경도 점점 사라져만 갔어. 그래도 사람들의 열기만큼은 그대로였지. 다른 나라에서 온 사람도 현지 사람들 사이에 섞여 식사하고 커피를 마셨어. 외국인을 상대로 한 커피 중에서 맛있는 건 얼마 찾을 수 없었지만, 현지 사람들이 아침 식사와 함께 마시는 달달한 커피는 그날

하루를 버틸 수 있도록 필요한 음료로 느껴져서 나도 매일 아침 마셨어. 그곳에 은근히 담겨 있는 생활상과 함께.

그런 중에 '커피는 대체 누구의 것일까.'라는 막연한 의문이 들기 시작했어. 네 번째 라오스 여행 때, 육로로 타이의 우본랏차타니로 갔는데 그곳 카페에서 사람들의 이런저런 생활을 보게 되었어. 그때, '커피는 마시는 사람들의 것이다.'라는 생각이 들었지.

이듬해에는 베트남에 갔어. 체류 기간은 열흘에서 2주 정도. 마실 수 있는 한 열심히 커피를 마셨어. 딱히 공부가 목적이 아니라 마시고 싶으니까 마셨어. 커피를 좋아하니까. 그리고 커피는 나에게 있어 언제 어디서든 나 자신으로 있게 해주는 감사한 음료이기도 하고. 네가 동남아시아로 자주 여행을 다닌다는 건 알고 있어. 너는 어떤 풍경을 보았을까?

'아시아 사람과 그 나라에서 대등한 위치에 서서 커피 관련 일을 해보고 싶다.' 그게 새롭게 깃든 나의 꿈이야. 어떤 형태로 이루어질지는 알 수 없으니 그 전에 내가 할 수 있는 일은 조금씩 착실하게 해나갈 생각이야.

"커피는 마시고, 즐기는 사람의 것이야. 다른 음식과 마찬가지로 자유롭게 좋아하는 방식으로 커피와 어울려 살아갈 수 있다는 걸 다들 자신의 생활, 삶을 통해 전하면 좋겠어." 그런 이야기를 키코에게 했다. "'커피는 누구의 것인가.'라니 그거 멋지네. 와니가 로스팅하고 핸드픽해서 버려 둔 커피만으로도 난 충분해."라고 키코가 답했다.

그러고 보니 로스터기 구입의 계기를 만들어준 것도 키코였다. 이번에는 책 띠지에 들어갈 말까지. 신세만 지고 있다. 고마워, 항상 도와줘서.

커피는 누구를 위한 것일까?

커피를 좀 더 자유롭게 즐겨도 되지 않을까. 이런 생각을 하게 된 건 동남아시아에서 커피를 마시게 된 후부터였다. 커피 교실을 위해 일본 각지를 돌아다니는 일이 많았을 때였다. 각 지역의 다양한 식문화에 깜짝 놀라서 되도록 커피도 그 지역에서만 맛볼 수 있는 것을 찾아 이곳저곳 다녀봤지만 다소 개성이 부족한 커피들이 많아 실망했다. '그 지역에서만 맛볼 수 있는 커피가 좀 더 있다면 여행이 더욱 깊어질 텐데.'라고 생각했었다. 규슈와 홋카이도 지역에는 그런 싹이 보였지만, 구체적이지 않고 두루뭉술하기만 하고, 어디에서나 마실 수 있는 별 특징 없는 커피를 만날 때가 더 많았다. 이건 맛이 있고 없고와는 별개의 문제다.

각지의 커피 교실에서 그 사실에 대해 의문을 제기했지만 반응은 시원찮았다. "그럼 어떻게 하면 좋은데요?"라는 분위기가 될 뿐.

그런 걸 고민하던 중에 라오스에도, 타이에도, 베트남에도 가보았다. 요즘에는 아예 'ASEAN 10개국에 전부 가서 커피를 마셔볼까?' 하는 생각마저 든다. 타이의 우본랏차타니의 카페에서 커피를 마시며 손님들과 직원들이 활기가 넘치는 것을 보고 생각했다. '커피는 누구를 위한 것일까?' 그곳에서 읽게 된 『Coffee Traveler』라는 잡지에는 커피를 즐기는 사람들을 향한 따뜻한 시선으로 넘쳐나고 있었다. 맞아, 그렇지, 역시 커피는 마시는 사람이 제일 먼저 즐겨야 좋지 않겠어?

그 전날, 나는 라오스의 팍세에 있는 동네 찻집에서 직접 끓인 커피 맛에 깜짝 놀랐다. 커피가 맛도 있었지만, 그 커피에서 프랑스적인 맛이 났던 것이다. "이거 로스팅한 사람은 어느 나라 사람이에요?"라고 물어보니 그 가게 점장의 동생이란다. 다시 말해, 라오스 사람. 하지만 그에게 로스팅을 가르친 사람은 프랑스 사람이라고 한다. 그러고 보니 독일 커피에도 독일의 맛이 났지. 타이의 그 가게에서는 핸드 드립 커피로 마실 원두를 고를 수 있는 시스템이었는데, 다섯 종류의 원두 중 타이에서 재배되는 것이 있었다. 그걸 마시니 또 다른 생각이 피어났다. '일본에는 일본의 맛이 명확하게 드러나는 커피가 있을까?'

일본으로 돌아가서 가까운 사람들부터 물어보고 다니면서 내 얼굴은 점점 어두워졌다. 일본의 커피는 어쩐지 답답하고 정해진 규칙이 너무 많았다. 마시는 사람을 저 멀리 내던지고 혼자 떠나가는 느낌이었다.

나는 커피를 마시는 것을 좋아한다. 매일 마시지 않으면 곤란하다. 언제 어디서든 맛있는 커피를 마시고 싶다! 그저 그것만으로 오늘까지 왔다. 그래서 내가 하는 일도 그러면 좋겠다는 바람을 갖고 시간과 공을 들였다. 분명, 앞으로도 그렇게 살아갈 것이다.

여행하며 커피 교실을 여는 일

나가이 히로시 씨의 도움을 받아 커피 여행을 시작하게 되었다. 처음엔 커피 교실의 형태까지는 아니었지만, 어느새 여행과 커피 교실이 한 세트가 되어 동시에 커피라는 사색의 여행까지 시작되었다.

내 커피 교실은 프로 바리스타를 양성하거나 커피 관련 업종의 사람들끼리 지식을 공유하고 기술을 연마하는 방식과는 다르다. 그냥 편하게 집에서 커피를 마시는 사람들끼리 시간을 공유하며, 우선 서로 알고 있는 만큼 실력을 발휘해 커피를 내려 보자는 게 기본자세다. 가끔 전문가들도 참가는 하지만 대다수는 평소 마시는 커피를 더욱 맛있게 즐기고 싶어 하는 사람들이다.

십몇 년 교실을 진행하면서 한 번에 많은 사람이 몰려들 때도 있었고 참가자가 잘 모이지 않는 경우도 많이 경험했다. 잘 모이지 않을 적엔 외롭기도 했다. 그런

데도 왜 계속 교실을 운영하는가 하면 커피를 사랑하는 사람들과 만나서 한때나마 커피를 통해 함께 시간을 공유하는 것이 즐겁기 때문이다. 나는 내 가게를 갖고 있지 않고, 로스팅한 원두를 손님께 배송하는 형식으로 장사를 하고 있기 때문에 나서서 활동하지 않으면 누구와도 만날 수 없다.

그런 생활 속에서 여행하며 커피 교실을 열고 많은 사람을 만나는 것이 무엇과도 비견할 수 없는 기쁨이 되어, 정신을 차리고 보니 우리 집 아틀리에가 있는 도쿄에서 거의 지내지 않았던 시기도 꽤 있었다.

커피 교실이 열리는 장소는 그때마다 달라서 평범한 가정집의 불단 앞에서 한 적도 있었고, 멋들어진 카페에서 진행해보기도 했다. 나를 부르면 어디로든 갔다. 그리고 여러 지역에서 시간을 보냈다. 그게 내 자랑거리이기도 하고, 그걸 지지해주는 사람들이 있었던 덕분이기도 해서 오직 한 가지 방식만 고수하는 게 아니라 지금 내 자신이 느끼고 있는 형태로 바꾸어 교실을 이끌어나가고 싶다. 그리고 커피를 마시는 사람들을 섬세하게 보면서 맛깔스러운 대화와 감정을 나누고 싶다.

그러고 보니 나가이 히로시 씨는 돌아가시기 전에 나와도 친구인 사람에게 "와니 씨는 여행을 계속하면 괜찮을 거야."라는 말을 했다는데, 그건 대체 무슨 뜻일까. 지금도 전혀 알 수가 없다.

와니의 하루

아침 10시 30분에 일어난다.

아침밥을 먹고 TV 와이드 방송을 보면서 오늘의 로스팅 계획을 생각한다.

생두 핸드픽을 아내와 함께한 다음 로스터기에 불을 피운다.

핸드픽이 끝난 생두를 로스터기에 넣으면 로스팅 작업 시작.

한시도 눈을 뗄 수 없는 작업이기에 로스팅이 끝날 때까지 쓸데없는 생각은 전혀 하지 않는다.

몇 년이나 같은 일을 해도 아주 사소한 행동 하나로 실수가 일어난다.

제대로 잘 볶이지 않은 원두를 보는 건 항상 괴롭다.

그렇게 로스팅이 끝나면 따끈따끈하게 갓 볶은 콩을 사용하여 커피를 내린다.

오후 늦게 점심을 먹는다. 대체로 오후 3시 30분부터 4시 정도까지.

그리고 볶아낸 원두를 핸드픽한다.

내 기준에 맞는 원두들을 골라 봉투에 담는다.

발송 작업을 마치면 오늘 하루 끝.

기분이 좋을 때는 CD 가게에 가서 쇼핑한다.

치열하게 일하는 사람의 입장에서 본다면 '그게 열심히 일하며 사는 것인가?'라는

생각이 들지도 모르겠지만 이것으로 충분하다고 생각합니다.

이렇게 가늘고 느긋하게 일을 하면서 살아왔습니다.

바쁜 와중에 보이는 풍경도 분명 있을 것입니다.

마찬가지로 느슨하고 완만한 시간 속에서 보이는 풍경도 있습니다.

그곳에서 태어나는 것이 제가 만드는 커피입니다.

뭐가 옳고 그르다는 것도 아니고, 좋다 나쁘다도 아닌,

그저 그곳이 있다는 것만을 인정하고 하루하루를 보내고 있습니다.

나카가와 와니, 나카가와 쿄코

커피를 사랑하는 사람과 살다보니
어쩌다 커피생활자

1판 1쇄 펴냄 2021년 2월 25일

지은이 나카가와 와니 / 나카가와 쿄코
옮긴이 김진아
펴낸이 정현순
편 집 고수인
디자인 전영진
인 쇄 (주)한산프린팅

펴낸곳 ㈜북핀
등 록 제2016-000041호(2016. 6. 3)
주 소 서울시 광진구 천호대로 109길 59
전 화 02-6401-5510 **팩스** 02-6969-9737

ISBN 979-11-87616-96-2 03810
값 13,000원